ちいさな花 咲いた

野中柊 作　くらはしれい 絵

装丁　名久井直子

1

おはよう。どこからか、声がしました。

いつまで、眠《ねむ》っているの？　と。

だあれ？　夢《ゆめ》うつつで、ちいさな花はつぶやきました。

あたたかな、やわらかい手につつまれているようで、なんて気持《きも》ちいいのでしょう。このまま、いつまでも、うとうとしていられたらいいのに。

でも――おはよう。その声が二度《にど》、三度《さんど》と耳もとをくすぐるので、ついに、ちいさな花は目を覚《さ》ましました。

ふわあっ。朝のすがすがしい空気を思いきり吸《す》いこみ、ほっそりとした緑《みどり》の背《せ》を伸《の》ばしてあくびをしたら、つぼみが開《ひら》いていきました。

「おはよう、お日さま。いいお天気ですね」

よく晴れた青い空に、うすい雲が浮《う》かんでいて、そのあいまから太陽《たいよう》がすがたを見せています。

「ぼくのこと、起《お》こしたのは、あなたでしょう、お日さま?」

ちいさな花が眠《ねむ》っているときに、たしかに、おはよう、と声をかけてきたはずなのに、太陽《たいよう》は今はもう、なんともこたえません。それでいて、あいかわらず、おおらかな、やさしい手で、ちいさな花をそっとつつみこんでいるようです。

だから、ちいさな花は、たった今、咲《さ》いたばかりで、自分がどこにいるのか、これから、どんなことがあるのか、さっぱりわからなくとも、心細くはありませんでした。

いったい、どのくらいのあいだ、眠《ねむ》っていたのでしょう。しばらく目を閉《と》じて考えてみましたが、さいごに月や星々が〈おやすみなさいの歌〉をうたうのを聞いたのが、いつだったか、どうにも思い出せません。

「昨日《きのう》の夜じゃないことは、たしかだ」

そう言って、ちいさな花はうなずきました。ずいぶん長いあいだ、夢《ゆめ》の中をさまよっていたような気がするのです――十年も、百年も、もしかしたら、千年も？　ところが、夢《ゆめ》の中の出来事《できごと》はなにもかも、すっかりわすれてしまっていました。

そして、そんな遠いむかしのことより、たった今のことのほうが、ちいさな花の心をとらえはじめていました――だって、ほら！　だんだんと、あたりがにぎやかになっていくようではありませんか。

ここは街《まち》です。ベーカリーや魚屋《さかなや》、肉屋《にくや》、カフェや花屋《はなや》、自転車屋《じてんしゃや》、ぼうし屋《や》、家具屋《かぐや》、さまざまな店がならんでいます。もう開《あ》いている店もあれば、まだ閉《し》まっている店もありますが、街《まち》もそろそろ目を覚《さ》まして、あたらしい一日をむかえようとしているのでした。

通りのはしっこで、石だたみのすきまから、黄色いあたまをかかげているちいさな花にまっさきに近づいてきたのは、人々の足でした。

大きな足、小さな足が石だたみの上を行《い》き交《か》っています。色とりどり、かたちもさまざまな靴《くつ》、靴《くつ》、靴《くつ》――のんびりと歩いている人もいれば、急《いそ》ぎ足《あし》の人もいます。せわしない足音を立てて走っていく人もいました。

おっと、あぶない！　踏《ふ》まないで！

ちいさな花は、そこにたたずんだままで、よけることも逃《に》げだすこともできませんから、だれかがすぐそばを通ると、はらはらしました。

あっちへ向《む》かう人、こっちへ向《む》かう人、みんな、どこへ行こうとしているのでしょう。だれひとりとして、ちいさな花に気づく人はいません。

立ち止まって見てくれる人もいないなんて――せっかく咲《さ》いたというのに、このまま、だあれも見てくれなかったら？

太陽《たいよう》の光がここちよく、ありがたく感《かん》じられるものの、冬が近づいていることを知らせる風はつめたく、ちいさな花は、思わず、ぶるっとふるえました。

2

どのくらい時が過《す》ぎたでしょう。雲がゆっくりと流《なが》れていき、空がいっそう青くなったように感《かん》じられるころ、

「ね、ぼくのこと、呼《よ》んだ？」

ついに、ちいさな花を見つけて話しかけてきたのは、茶色いぶちのある子犬でした。長い耳を上に下に揺《ゆ》らしながら、はずむような足取《あしど》りでやってきて、そうたずねました。

ちいさな花がこたえるより先に、子犬は鼻《はな》を突《つ》きだして、ふんふん、くんくん、においをかいで、

「花かな？　花だよね？」

今度《こんど》は、ひとりごとみたいに、つぶやきました。

この子犬は街《まち》の生まれですから、店で売っているチューリップやラン、バラやユリなどは見なれていましたが、ちいさな花は、そのどれとも、まったくちがっていました。なんて言ったらいいのかしら？　気取《きど》ったところがなく、すました感《かん》じがしないのです。

公園の花だんに咲《さ》いているさまざまな色合いの、ひらひらしたパンジーやビオラとも、ちっとも似《に》ていません。

子犬は首をかしげ、あらためて、ちいさな花をながめました。

なんとも陽気《ようき》なあざやかな色をしています。つんつんとんがって、ちょっと金《こん》平糖《ぺいとう》に似《に》ているかな？　似《に》ているとしても、ほんのすこし。葉《は》はぎざぎざの、おもしろいかたちをしています。

そして、ちいさな花が放《はな》つ、ふわっとやわらかなにおいの中には、日向《ひなた》と土ぼこりを感《かん》じさせるものも混《ま》じっていました。

知ってるよ、これ！　子犬は、なつかしい気持《きも》ちになりました。お天気のいい日に外で思いきり遊《あそ》んだあとは、この子犬のからだをおおう茶色の毛も、そのあたたかなにおいにつつまれるのです。

だから、ぼく、呼《よ》ばれている気がしたのかな？

子犬がしめった黒い鼻《はな》を押《お》しつけてくるので、ちいさな花はくすぐったくて、黄色いあたまを揺《ゆ》らして、くすくす笑《わら》いだしました。

となれば、子犬もうれしくなって、口を大きく開《あ》け、舌《した》を出し、笑《わら》わずにはいられません。

「ね、ぼくのこと、呼《よ》んだ？」もう一度《いちど》、たずねてみたら、

「呼《よ》んだかどうかは、わかんないけど、見てたよ」

そうこたえた声は、ほがらかなボーイソプラノでした。

「見てた？　どうして」

「だって、だれも、ぼくを見ないから。やっと咲《さ》いたっていうのにさ。だれか、ぼくがここにいることに気づいてくれないかなと思って、見てたんだよ。道を行く人や目に入ってくるもの、いろいろとね」

いろいろ？　なあんだ、じゃあ、ぼくだけじゃなく？　ふうん、くうん、と子犬が鼻《はな》を鳴らすと、

「でも、ぼくを見つけたのは、きみだけ」

ちいさな花がそうつけくわえたので、

「ぼくだけ？　ほんと？」

この気のいい動物《どうぶつ》は、すっかり得意《とくい》になりました。しっぽが上向《うわむ》きになって、

ぱたっ、ぱたぱたっ！　右へ左へ、また右へ。

「だいじょうぶ？　そんなに勢《いきお》いよく振《ふ》ったら、ちぎれて、どこかへ飛《と》んでいっちゃうんじゃない？」

ちいさな花がすこし心配《しんぱい》になって言いました。

「えっ、そうかな？　でも、どうにもならないよ。しっぽが勝手《かって》に動《うご》いちゃうんだもの」

「へえ！　そんなものなの？」

今や、しっぽは、プロペラのようにあたりの空気をかき回して、子犬のからだのぬくもりを伝《つた》える、ふんわりした風を起《お》こしていました。そして、わずかにでも風が吹《ふ》けば、ちいさな花は黄色いあたまを揺《ゆ》らして、くすくす、ふふっと笑《わら》わずにはいられなくなります。

つられて子犬もまた笑《わら》いだして、ぱたぱたっ、ぱたっ！　やんちゃなしっぽも、ほら、いっそう元気いっぱいです。

3

ちいさな花と子犬が顔を見合わせて笑《わら》っていると、おや？　どこか高いところから、なにか降《ふ》ってきました。

目の前をかすめて、すぐ近くに落《お》っこちてきたので、わうう！　思わず声をもらして、子犬は後ろへ飛《と》びのきましたが、

「あらあら、びっくりさせちゃった？」

たんっ！　と軽《かろ》やかに石だたみに着地《ちゃくち》して、そう言ったのは、マーマレード色のねこでした。

「なんだ！　なにが落《お》ちてきたのかと思ったら、きみか」

子犬がちょっと腹立《はらだ》たしそうにつぶやくと、

「落《お》ちてきたんじゃないの。飛《と》びおりたの、あそこからね」

ねこはつんと横《よこ》を向《む》いて、道のわきの高いフェンスを指《ゆび》さしました。それから、ちいさな花のほうに身《み》をかがめて、

「あなたのことをはじめに見つけたのが、この子犬だなんて、とんでもない。大まちがいよ」と言いました。

「わたし、もう何日も前から見てたのよ」

「そうなの？」

ちいさな花が首をかしげると、

「ええ。いつ咲《さ》くのかな？ きっと、もうすぐ！ って、楽しみに待《ま》っていたの。ところが、どう？ あなたったら、よりにもよって、わたしが寝《ね》ぼうした朝に咲《さ》くなんて。まっさきに、わたしが声をかけたかったのに」

だれかさんに先を越《こ》されて、ねこは悔《くや》しくてならないようです。

「寝《ね》ぼう？　まったくもう、ねこってやつは、寝《ね》てばっかりいるからなあ」子犬は、笑《わら》いだしたいのをこらえてつぶやきました。

すかさず、ねこは、しゃーっ、と口の中で小さく音を立て、

「なんですって？」と言いましたが、

「でも、まあ、聞こえなかったことにしてあげる。昨夜《ゆうべ》は満月《まんげつ》だったから、ねこたちの集会《しゅうかい》があってね、おそくまで起《お》きていたんだもの、寝《ね》すごしたってしかたないでしょう？」

横目《よこめ》でちらっと子犬をにらんでから、ちいさな花に向《む》き直《なお》り、親しみをこめて、しっぽをゆうらりと揺《ゆ》らしてみせました。

「あらためて、ごあいさつさせてちょうだい。はじめまして。わたしは、ミーシャ。街《まち》ねこよ」

「街《まち》ねこ？」

ちいさな花は問《と》いかける目で、ねこのミーシャを見つめました。

「そう。家ねこじゃなくて、街《まち》ねこ。つまり、どこかの家のねこじゃなくて、この街《まち》のねこだってことなの。ね、わかる？」

すると――この子犬は、一時《いっとき》も、おとなしくしていられないのですね、落《お》ち着《つ》かなげに足ぶみをしながら、

「もちろん、わかるさ」と口をはさみましたが、ちいさな花がだまっているので、ミーシャはさらに言いました。

「街《まち》ねこは、ここが自分の家だって言えるような家はないんだけれど、そのかわり、いつだって好《す》きなところへ出かけられる、眠《ねむ》りたいところで眠《ねむ》ることのできる、とっても自由《じゆう》で気ままな身《み》の上《うえ》なの」

ミーシャは誇《ほこ》らしげに、ひげをふるわせました。ちいさな花はうなずいて、

「そっか。すてきだね、ミーシャ」と、にっこりしました。

ところが、子犬は、自分こそがちいさな花の気を引きたくてならないのでしょう、ちょっと乱暴《らんぼう》に、ミーシャを押《お》しのけるようにして、

「ね、言ったっけ？　もしかしたら、まだ言ってなかった？　ぼくは、マールだよ。ぼくの名まえは、マール！　あのカフェの犬なんだ」

通りの店々が連《つら》なっているほうへ顔を向《む》け、

「見て、あれだよ！」と、はしゃいだ声をあげました。

こぢんまりとしたガラス張《ば》りの建物《たてもの》が、そのまなざしの先にありました。丸テーブルといすがならべられたテラス席《せき》があって、何人かのお客《きゃく》さんがコーヒーやお茶を飲《の》んだり、お菓子《かし》やサンドイッチを食べたりしています。マグカップのかたちをした看板《かんばん》も見えます。

ちいさな花は、今度《こんど》もまたにっこりして、うなずきました。

「そっか。カフェの犬なんだね、マール」

「そうだよ。で、きみは？」

ふいに、たずねられて、

「ぼく？」ちいさな花は、とまどいました。

さっき目覚《めざ》めたばかりで、自分について、なにをどう話したらいいのか、さっぱりわからないのです。ぼくは、だあれ？　どこから来たの？　どうして、ここにいるのかな？

「知らないの？」ミーシャがくすっと笑《わら》いました。

えっ、おかしいかな？　ちいさな花は身《み》をすくめました。自分のことを知らないなんて、やはり笑《わら》われてもしようがないことなのでしょうか。

でも、どうやら、ミーシャはマールに話しかけていたらしく、

「そりゃあ、知らないか。まだ子犬だものね」と続《つづ》けました。

「なんだよ。じゃあ、ミーシャ、きみは知ってるの？」

「もちろんよ、子犬ちゃん。わたしは、あなたとちがって、もう何年も生きてますからね。いろんなことを知っているの」

それから、このねこは、ちいさな花に向《む》かって言いました。

「あなたは、たんぽぽ。そうでしょう？」

たんぽぽ？　それがぼくの名まえ？　ちいさな花は、きょとんとした顔をして、すぐには返事《へんじ》もできませんでした。

でも――たんぽぽ。たんぽぽ。目を閉《と》じて、その名を何度《なんど》か胸《むね》のうちで繰《く》り返《かえ》していたら、なにか思い出せそうな気がしてきました。

遠い日に、だれかにそう呼《よ》ばれたことがあったような。

「もう一度《いちど》、呼《よ》んで」

ちいさな花はつぶやきました。だれにということはなく。ひとりごとのように。

さっそく、それにこたえたのは、マールでした。

「たんぽぽ！　たんぽぽ！」と、うれしそうに。

「なんだか、きみにぴったりの名まえじゃない？」

4

たんぽぽ。たんぽぽ。

マールとミーシャに、何度《なんど》も呼《よ》ばれているうちに――

そうだ、ぼくは、たんぽぽだ！　ちいさな花の足もとで、根《ね》っこが、ぐんぐん伸《の》びるような気がしました。そして、ぎざぎざの葉《は》のすみずみにまで、みずみずしい力がみなぎるのが感《かん》じられました。

ちいさな花は、ありがとう、の気持《きも》ちをこめて、たんぽぽという名を教えてくれたマーマレード色のねこを見上げました。

「どうしてなの、ミーシャ？　ちょっと不思議《ふしぎ》だよね。ぼくよりきみのほうが、ぼくのことをよく知っているなんて」

すると、ミーシャは首を横《よこ》に振《ふ》って、

「不思議《ふしぎ》でもなんでもないの」と言いました。

「わたし、あなたの仲間《なかま》に会ったことがあるんだもの」

「仲間《なかま》？　仲間《なかま》なんて、どこにいるのさ？」

あたりを見回して、マールがいぶかしそうにつぶやきました。たんぽぽも一緒《いっしょ》になって、あちらこちらを見やりましたが、それらしい花など、どこにも咲《さ》いていません。かさかさと音を立てて、赤や黄に色づいた落《お》ち葉《ば》が風に舞《ま》っているばかりです。

「今は、いないの。すくなくとも、このあたりにはね」

ミーシャはそう言ってから、たんぽぽを見つめました。

「ね、あなたって強いのね」

「ぼくが？」たんぽぽがつぶやくと、

「強い？」マールも首をかしげました。まさか、このちっぽけな花が？　とでも言いたそうに。

「だって、そうでしょう？　石だたみのすきまの、ほら、こんなささやかなところに土を見つけて、根《ね》をはって、葉《は》をしげらせて」

さっそくマールは身《み》を乗《の》りだして、たんぽぽの根《ね》もとのあたりに鼻先《はなさき》を近づけ、土のにおいをかいだあとで、

「ははあ、ほんとだ」と感心《かんしん》したらしく、声をあげました。

「すごいや、たんぽぽ！　きみったら、ちっちゃくて細っこいくせに、まるで、この重《おも》たい石を突《つ》きやぶって生《は》えてい

るみたいに見えるよ」

「そう？」たんぽぽは、またしても、きょとんとしました。強い？　すごい？　自分では、よくわかりません。ここしか知らないから、ここにいるのです。ほかに、もっといいところがあるのでしょうか。

ミーシャは、やさしい笑《え》みをうかべて、

「おまけに、あなたったら寒《さむ》さなんか気にしてないって顔をして。あのね、たんぽぽって言ったら、もっとあたたかい季節《きせつ》の花よ。春には、あなたの仲間《なかま》たちがあっちにもこっちにも、いっぱい咲《さ》いていたんだから」

「わうう。そうなんだ？」

たんぽぽより先に、マールが前のめりになって言いました。なにしろ、生まれてからまだほんの数ヶ月しか経《た》っていない子犬です。だから、春も知らなければ、このちいさな花の仲間《なかま》たちがたくさん咲《さ》いているところを目にしたこともないのでした。

「ええ。秋だったら、陽当《ひあ》たりのいいところで咲《さ》いているたんぽぽを見かけることもあるけど、もうそろそろ冬でしょう。いったい、どうして、よりにもよって、木枯《こが》らしが吹《ふ》く季節《きせつ》に咲《さ》いいちゃったのかしら」

さあ、なぜだろう？　たんぽぽにしても、だれかにそのわけを聞かせてほしいくらいでした。どうせなら、仲間《なかま》がたくさんいるときに咲《さ》いたほうがにぎやかで楽しかっただろうに――

ところが、マールは目をきらきらさせて、

「べつに、いいだろ？　咲《さ》きたいときに、咲《さ》くんだよ」と言いました。

「ね、春になったら、きみの仲間《なかま》が咲《さ》くってさ。そしたら、こうしたら、どうかな？」

なあに？　なにか、いい考えがあるのでしょうか。

「あのさ、きみもミーシャのまねをして、長く生きてるから、なあんでも知ってる、すごいでしょ？　って顔をして、あたらしく咲《さ》いた仲間《なかま》たちに、おとなぶって、いろいろ教えてやるんだよ」

子犬は、茶目《ちゃめ》っ気《け》をこめて、くくっと笑《わら》いましたが――おや？ どうしたのでしょう。ミーシャは、ふいに悲《かな》しそうな目をしました。なにか言おうとして、口を開《ひら》きかけたものの、言葉《ことば》が出てこないようです。

マールがちょっとなまいきな、からかうような物言《ものい》いをしたせい？ でも、この子犬は、ミーシャのようすには、目もくれません。

「春かあ、春って、どんなだろ？ それまで、きみはひとりでここにいて、仲間《なかま》たちを待《ま》ってなくちゃならないけど……」

そうつぶやいたあとで、今度《こんど》は、さもすばらしいことに気がついたというふうに、しっぽをさかんに振《ふ》って言いました。

「ううん、ひとりじゃない。ぼくがいるもの、淋《さび》しくないだろ？」

5

その昼下がり、マールは、カフェと通りのはしっこを行ったり来たりして、いそがしく過《す》ごしました。ほんとうのことを言えば、いつまでも通りのはしっこで、たんぽぽをながめていたかったのですが、

「ぼくに会うために、カフェに来てくれるお客《きゃく》さんもいるからね。ここで遊《あそ》んでばかりもいられないんだよ」そう言って、ときどき、店へもどっていき、しばらくすると、また、急《いそ》ぎ足《あし》でやってきます。

マールには、カフェを訪《おとず》れる人や犬に、親しくあいさつを交《か》わす知り合いがたくさんいるものの、花とおしゃべりをしたのは、はじめてのことで、うれしくてならないのでした。

あのね、この子犬としては、だれにも知られたくないことですが——これまでは、花屋《はなや》の店先や花だんに咲《さ》く色とりどりの、かわいらしいものたちとなかよくなりたくて近づいていっても、こわがられるか、相手《あいて》にされずに知らんぷりされるか、どちらかだったのです。

何度《なんど》めかに、マールがカフェから通りのはしっこへ行くと、

「あれ?」さっきまで、日向《ひなた》でのんびりと毛づくろいをしていたミーシャのすがたがありませんでした。

「そろそろ、なにか食べなくちゃやって、どこかへ行っちゃったんだよ。じゃあね、またあとでって」と、たんぽぽが言いました。

「ふうん。ねこってやつは、気まぐれだからな。ほんとに、もどってくるのかなあ?」子犬は肩《かた》をすくめてから、

「ね、きみも、お腹《なか》が空《す》いたんじゃない?」

その問《と》いかけに、たんぽぽは笑《わら》って首を横《よこ》に振《ふ》りました。土に根《ね》をはって栄養《えいよう》

をたっぷりともらっていますからね――いいえ、それだけでなく、深《ふか》く息《いき》を吸《す》いこんで、ぎざぎざの葉《は》を広げ、太陽《たいよう》の光を受《う》けとめていれば、いつだって元気がわきあがってくるのです。

「じゃあ、のどは？　かわいてない？」

「そういえば、ちょっと……」

たんぽぽが言《い》い終《お》わらないうちに、マールはもうカフェに向《む》かって、いちもくさんに駆《か》けだしていました。そして、まもなく、水の入ったカップをくわえて、もどってきました。ちいさな花のために、なにかしてあげたい！　この子犬のあたまの中は、そのことでいっぱいだったのです。

さっそくカップをかたむけて、水をそそぐと、たんぽぽは、ぎざぎざの葉《は》を、ふるっ、ふるっ、ふるふるっ、気持《きも》ちよさそうにふるわせました。

「ああ、なんて、おいしい水なんだろう！」

「よかった！　ほかにも、ほしいものがあったら言ってよ」

「ほしいもの？」

「うん。なんかあるでしょ？　ね、ぼくにできることがあったら」

子犬がじれったそうにするので、たんぽぽは、なにか頼《たの》まなければいけないような気がして、

「ええと、どうかな？」いっしょうけんめい考えてみるのですが、考えれば考えるほど、なあんにもない、なにひとつとしてない、ということに、自分でもびっくりしてしまうのでした。

たしかに風はつめたいものの、あたまの上には真《ま》っ青《さお》な空が広がり、太陽《たいよう》がかがやき、根《ね》っこはしっかりと土に守《まも》られています。おまけに、生き生きとした瞳《ひとみ》でたんぽぽを見つめる友だちまでできたとなれば、さらになにを望《のぞ》むことがあるでしょう。

と、そのとき、

「マール！」

だれかが子犬を呼《よ》ぶ声がしました。

「マール！　どこに行っちゃったんだ？」

子犬はぴくっと耳を動《うご》かし、そわそわとカフェのほうを振《ふ》り向《む》きました。

「あ、ぼくの人間が呼《よ》んでるよ」

「きみの人間？」

「うん。ぼくと一緒《いっしょ》に暮《ぐ》らしてる人。カフェの店主《てんしゅ》だよ。ぼくのことを〈ぼくの犬〉って言うんだ。それなら、あの人は〈ぼくの人間〉ってことになるだろ？」

「へええ！」

またすぐに来るからね、待《ま》っててーーそう言《い》い残《のこ》して、子犬は走っていきました。すると、ちょうど店から出てきた男の人が腰《こし》をかがめ、「いた、いた、見つけた！」両手《りょうて》を伸《の》ばして、マールを抱《だ》きあげました。顔をくしゃくしゃにして笑《わら》って、子犬に頬《ほお》ずりしています。

そっか、あの人が〈きみの人間〉だね？　たんぽぽが心の中でつぶやくと、そうだよ、そうだよ、そうだよ！　とでも言うように、マールのしっぽが右へ左へ、また右へ元気いっぱいに振《ふ》りきれました。

まるで、百年ぶりに、会いたくてたまらなかった相手《あいて》に、ついに会ったみたいな喜《よろこ》びようではありませんか！

たんぽぽがおどろいてながめていると、

「さあ、おやつにしようか。ベーコンチップ入りのビスケットがあるよ」

男の人は子犬を抱《だ》いて、カフェの中へ入っていきました。

6

それから、マールを待《ま》つあいだ――

そうです、たんぽぽは、子犬が自分のそばにもどってくるのを、今か今かと待《ま》っていたんですよ。こんなことなら「待《ま》ってて」なんて言われなければよかったのに、と思いながら。

「ほんとに、また来るかな？」

たんぽぽは、ひとりごとをつぶやきました。

「おやつを食《た》べ終《お》えたら？」

でも、子犬は、いっこうにあらわれません。

「もしかしたら、マールったら、ぼくのこと、もうわすれちゃったんじゃないかしら……まさか！　……いや、そうかもわからないぞ」

疑《うたぐ》り深《ぶか》いようすで言ったときには、たんぽぽの顔つきも声も、すっかり影《かげ》がさしたようになっていました。こんなときには、どこかへ歩いていって、気晴らしをすることができたらいいのでしょうが——花は花ですから、ここでじっとしているしかありません。

たんぽぽは、ふうっと、ため息《いき》をついて、

「べつに、いいよ。待《ま》ってるってわけじゃないから」

マールのことなど気にしていないふりをして、あらためて、あたりを見回しました。なにか楽しいこと、心はずむことをさがそうと決《き》めたのです。ひとりでやきもきしているなんて、時間がもったいないもの。

ほら！　通りの信号《しんごう》は青から黄色へ、黄色から赤へ、赤からまた青へと色を変《か》え、ひっきりなしに自動車《じどうしゃ》やオートバイが行《い》き交《か》い、人々の話し声や笑《わら》い声《ごえ》がひびいて、街《まち》は大いににぎわっています。

そして、散歩《さんぽ》に連《つ》れてきてもらったのでしょう、さまざまな犬が人間のかたわらを歩いています。大きいのやら小さいのやら、毛が長いのやら短《みじか》いのやら、毛なみの色やしっぽのかたちもいろいろです。

「ずいぶん、太ってるなあ。よほど食いしんぼうなのかな？」

たんぽぽは、そうつぶやいて、首をかしげたり、

「おや、あっちには、大きなモップみたいな犬がいるぞ。街《まち》を掃除《そうじ》するのに、ちょうどよさそうだな」と、くすくす笑《わら》ったり、

「うわあ！　なんだろう、あのしっぽ。すごく短《みじか》くて、ハートのかたちをしているよ。いろんなしっぽがあるものだなあ」と感心《かんしん》したり。

ふと気がついたら、犬のすがたばかりを目で追《お》いかけて、心のどこかで、マールのほうがずっとすてきだな、と思っているのでした。

あれ？　あの子犬のことは、もうどうでもいいんじゃなかった？

そう。そのはずです。だから、たんぽぽは、なにかべつの、もっとずっとおも

しろいものを見つけようとして――ああ！　でも、またやはり、ちょうど通りかかった犬に目をうばわれてしまいました。

だって、かなり風変《ふうが》わりな犬でしたから。

ものすごくからだが大きくて――マールの十倍《ばい》くらいありそう！――短《みじか》い毛がビロードみたいにつやつやとしているのですが、なにより目を引くのは、平《ひら》べったい耳がだらんとたれさがり、しわしわの顔がひどくたるんでいることでした。まるで、もったりと濃《こ》いキャラメルソースをバケツいっぱい、あたまからかぶったみたいに見えるのです。今にも、顔から、とろおん、ぽたあん、と茶色いしずくが落《お》ちてきそう！

たんぽぽがぽかんとして、そのすがたをながめていたら、おや？　見られていることを感《かん》じたのか、犬も通りのはしっこへ目を向《む》けました。重《おも》たくたれさがったまぶたに、うもれてしまいそうな細い目です。こちらをじっと見つめたあとで、歩く方向《ほうこう》を変《か》えました。

わあ、こっちに向《む》かってくるよ！

あわてて知らん顔をしてみたものの、犬はゆっくりとした足取《あしど》りで、一歩、また一歩と近づいてきます。そして、たんぽぽの前で立ち止まり、背《せ》をまるめて、鼻先《はなさき》を寄《よ》せてきました。

なんだろう、なんなの、この犬？

たんぽぽがすこしこわくなって、ふるえながら立っていると、犬は、ふふううん、と熱《あつ》い鼻息《はないき》を吹《ふ》きかけて言いました。

「あーたちゃん、かわいいねえ」

しわがれていながらも、妙《みょう》に甘《あま》ったるい声でした。

あーたちゃんって？　だれ？　ぼくのこと？

たんぽぽはびっくりして、心の中でそうつぶやいたのですが、犬はそれを聞きつけたみたいに、

「ああた。ああたのことだよ、あーたちゃん」

どうやら、ああた、というのは、あなたのことらしいのです。

「あんまりかわいいから、食べちゃいたくなるね、ね、ね？」

そう言うなり、ぶあつい舌《した》を出して口のまわりをなめました。ぴしゃっ、ぴしゃっ。舌《した》を鳴らす音がして、

「あーたちゃんは、お砂糖菓子《さとうがし》みたいに甘《あま》いのかなあ？　なめたら、ほろほろくずれる感《かん》じ？　でも、ほんのちょっぴり、ぴりぴりっとスパイスもきいているんじゃないかなあ？」

「ぼ……ぼく、甘《あま》くなんかないよ。すっぱくて、にがくて、しょっぱくて、おまけに、ときどき、からーいんだ。ぼくを食べたら、ああたの舌《した》も、のども、お腹《なか》も、ほんのちょっぴりじゃなくて、ものすごーく、びりびりっとしびれて、きっと泣《な》いちゃうよ」

たんぽぽもつられて、犬に向《む》かって、ああた、と言っていました。すっかりふるえあがって——でも、こわがっていることを気づかれないよう、緑《みどり》の背《せ》をしゃ

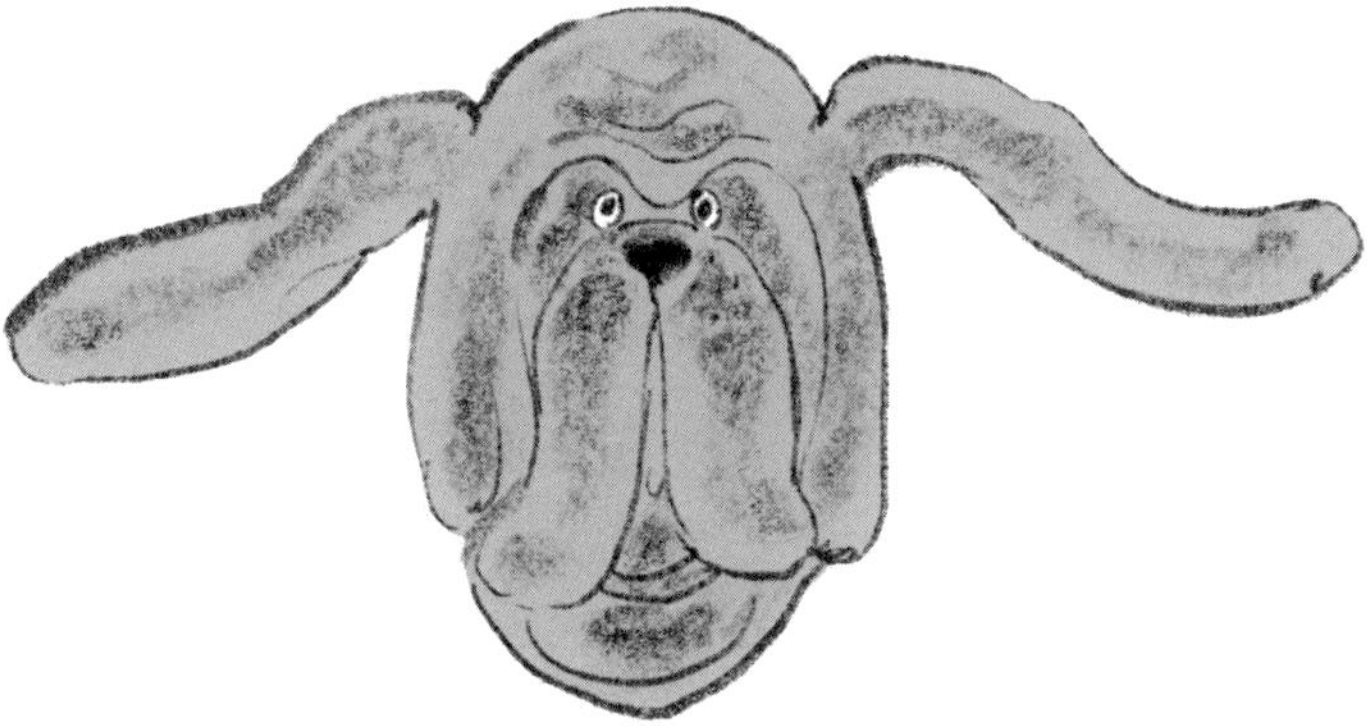

んと伸《の》ばし、黄色いあたまを高くかかげて。

すると、犬は、重《おも》たいまぶたの下にうずもれかかった小さな目を、にわかに明るく光らせて、

「へぇえ！　ほんとうかーい？」と声をあげました。

「舌《した》も、のども、お腹《なか》もびりびりするって？　そりゃあ、おもしろそうだなあ。せっかくだから、味見《あじみ》してみなくちゃならんだろうなあ」

そう言いながら、だるだるにたるんだ顔をいっそう近づけてきたので、よだれをたっぷりふくんだ舌《した》があとちょっとで、た

んぽぽに触《ふ》れそうです。

逃《に》げなきゃ！　食べられちゃう！

わかっているのに、逃《に》げられません。

どうして、ぼくには足がないんだろう。なぜ、こんなたいへんなときにも、ぼーっと、ここに突《つ》っ立《た》っていなくちゃならないんだろう。

ぱっくりと開《あ》いた大きな口が、たんぽぽにおおいかぶさってきて、ドッグフードのにおいがするしめっぽい空気が黄色いあたまをつつみこみ――

あ、あ、あ、もうだめだ！

と、たんぽぽが思った、まさしくそのとき、

「こらあっ！　なにやってるの！」

どこからか、おそろしい声が飛《と》んできました。

たちまち、犬は身《み》をすくめ、おっかなびっくり、声がしたほうを振《ふ》り返《かえ》りました。たんぽぽもそちらを見やると、そのまなざしの先にいたのは、大きな、ごつ

ごつとした、げんこつクッキーみたいな女の人でした。

どことなく、この犬に似《に》ているような――

ああ、そうか。あの人がこの犬にとっての〈ぼくの人間〉なんだな！　たんぽぽは、すぐにぴんときました。

「ああた！　なにしてるの？」女の人は急《いそ》ぎ足《あし》でやってきて、

「こらこら！　道ばたの草なんか食べるんじゃないのよ。お腹《なか》をこわしたら、どうするの？」犬を見下ろし、きびしい調子《ちょうし》で言いました。

「なにか食べるのは、おうちに帰ってからね」

犬は鼻《はな》を鳴らし、身《み》をよじらせて、女の人のあとをついていきました。しかられたにもかかわらず、なんだか、うれしそうな足取《あしど》りです。その後ろすがたを見《み》送《おく》りつつ、ああ、よかった！　たんぽぽは、肩《かた》で息《いき》をついて、へなへなと倒《たお》れそうになりました。

「まったくもう、あぶないところだった。ふう、命拾《いのちびろ》いしたよ」

こっそりとつぶやいたつもりでしたが――もしかしたら、そのちっちゃな声が、あのだらんとたれさがった耳に届《とど》いたのでしょうか。ふいに犬が立ち止まって、こちらに顔を向《む》けました。

「あーたちゃん、ほんとに食べられちゃうと思った？」

そして、くくふふふっ、と妙《みょう》な笑《わら》い声《ごえ》をもらして、

「からかっただけだよ。だって、食べちゃったら、おしまいだからね。お・し・ま・い！　せっかく咲《さ》いたお花ちゃんだもの、もったいなくて食べられやしないよ」

はあ？　ぼく、からかわれていたの？

あっけに取《と》られて、ぼんやりしているたんぽぽに向《む》かって、

「長生きしてね、あーたちゃん。楽しい毎日をね」と言うと、キャラメルソース犬は、細いしっぽを小きざみに振《ふ》りながら、今度《こんど》こそほんとうに行ってしまいました。

7

なんだ、あれ？　おかしな犬だったな！

たんぽぽは泣《な》きたいような、笑《わら》いたいような気持《きも》ちで、ふるふるっ、と黄色いあたまを揺《ゆ》らしました。

でも、ほっとしたのもつかのま、それからあとも、通りかかった人に、何度《なんど》、踏《ふ》まれそうになったことでしょう。そして、なによりおそろしかったのは、すごいスピードで走ってきた自転車《じてんしゃ》のタイヤが、ぐんぐん、ぐんぐん間近に迫《せま》ってきたときでした。

いよいよ、ほんとに、おしまいだ……

「マール！　ミーシャ！」

たんぽぽは、友だちの名を呼《よ》んで、

「さようなら、お日さま!」

空を見上げたあと、ふるえながら、かたく目をつぶりました。さようなら、と言いつつも、たすけて、と祈《いの》るような気持《きも》ちになって。

すると――きぃぃいっ! 耳ざわりな、鋭《するど》い音がして、たんぽぽの、ほんの数センチ手前で、タイヤがざざざっとスリップしながら止まりました。自転車《じてんしゃ》に乗《の》っている男の子が急《きゅう》ブレーキをかけたのでした。

ぼくが咲《さ》いていることに気づいてくれたの?

おそるおそる目を開《あ》けると、男の子は今来た道を引《ひ》き返《かえ》していくところでした。野球帽《やきゅうぼう》が風にあおられ、飛《と》ばされてしまったので、それを拾《ひろ》うためでした。急《きゅう》ブレーキをかけたのも、そのせいだったのです。

なあんだ! ぼくを見つけてくれたわけじゃなかったんだ。自転車《じてんしゃ》にひかれなかったのは、たまたま運《うん》がよかっただけ?

いつなにがあっても、おかしくないいんだ——そんなふうに、たんぽぽは思いました。こんなちっぽけな、だれの目にもとまらないような花なんて、ここに咲《さ》いていてもいなくても、この世界《せかい》も、街《まち》も、なにも変《か》わらないいんだもの、と。

「どこかへ行ってしまいたいな」

悲《かな》しい気持《きも》ちでつぶやきつつ、もし足があったら、と考えました。土の中の根《ね》っこが足だったら——さあ、どこへ行こう？　この通りをまっすぐ歩いていったら、なにがあるんだろう。街《まち》はどこまで続《つづ》いているの？

歩いて歩いて、どこまでも歩いて。

ここに立っているだけでは見えないものを見たり、聞こえないことを聞いたりできたら、どんなにか、すばらしいでしょう。もしかしたら、ミーシャが言っていた〈仲間《なかま》たち〉にも、どこかで会えるかもしれません。

でも、それより先に——たんぽぽには、行きたいところがありました。通りにならぶ店のほうを見やって、ため息《いき》をつきました。

もし足があったら、ぼくは、あのカフェへ走っていくだろうな。そして、マール！　と呼《よ》びかけるんだ。

マール！　マール！

待《ま》っていたんだよ、ずっと。

きみがもどってこないから、ぼくのほうから来ちゃったよ！

そうしたら、あの子犬は目をまるくして、しっぽをちぎれそうに振《ふ》って、はしゃいだ声をあげるでしょう。たんぽぽ！　すごいや！　どうやって、ここまで来たの？

マールのうれしそうな顔を思いうかべていたら、胸《むね》をふさいでいた悲《かな》しみが、だんだんとうすらいでいくようでしたが――

たんぽぽは、はっと息《いき》をのみました。またしても、なにかが思いがけない勢《いきお》いで、身《み》に迫《せま》ってきたのです。

鳥？　鳥が飛《と》んできたの？

いいえ。犬？　マールよりもっと小さな？

ぱふん！　ぱふん！　ぱふうん！　まあるいものがはずんで、はずんで、こちらに向《む》かってきます。それが、いったい、なんなのかもわからないままに、たんぽぽは、とっさに身《み》がまえました。

ぶつかってくるぞ！

となれば、倒《たお》され、押《お》しつぶされてしまうかもしれません。

もう、だめ？　だめか！

ところが――ぱふううん！　まあるいものは、たんぽぽの黄色いあたまをぎりぎりのところでかすめて、後ろへ飛《と》んでいきました。

よかった、たすかった！

ふう。なんだったの、あれ？　振《ふ》り向《む》いて、目で追《お》うと――それは鳥でも犬でもありませんでした。こちらに迫《せま》ってくるときには、まるで命《いのち》あるもののように見えたのですが、

「なあんだ！」

生きものですらなく、ゴムのボールでした。

そして、ボールを追《お》いかけて、女の子が駆《か》けてきました。

ほかの人たちと同じように、どうせ、この子も道ばたの花など見てやしないのだろう、と、たんぽぽは決《き》めてかかって、

「やんなっちゃうなあ。踏《ふ》まないでよ」

ひややかなまなざしを投《な》げかけると、

「あ」と女の子は声をもらして、立ち止まりました。しゃがんで、たんぽぽに顔を近づけ、

「たんぽぽ？　たんぽぽだよね」とたずねました。

あれっ、知っているの、ぼくのこと？

「やっぱり、そうだ。わあ、たんぽぽだ」女の子は、にっこりしました。それから、たんぽぽの黄色いあたまに、指先《ゆびさき》でそっと触《ふ》れ、

「咲《さ》いてる、咲《さ》いてる、たんぽぽ」と言いました。

そのかわいらしい声を聞いて、たんぽぽの胸《むね》は、どれほど、あたたかくときめいたことでしょう。

「ちょっと待《ま》ってて」女の子はボールを拾《ひろ》いに行《い》って、もどってくると、また、たんぽぽのそばにしゃがみました。

「ね、たんぽぽって冬でも咲《さ》くの？」

「うん、このとおり！　だけど、めずらしいんだって。街《まち》ねこのミーシャがそう言ってたよ」たんぽぽはこたえましたが、どうやら、その声は女の子には届《とど》いてい

ないようでした。

人間というのは、自分たちの言葉《ことば》のほかは、聞く耳を持《も》たないのでしょうか。きっと通りすがりの人からは、女の子がひとりごとをつぶやいているみたいに見えるでしょう。それでも、だれかが話しかけてくれるのは、たんぽぽにとっては、くすぐったいような、幸《しあわ》せなことでした。

女の子はあたりをきょろきょろ見回して、

「ほかには咲《さ》いてないよね？　ここだけ。ひとつだけ」と言ったあとで、

「春になったら、あっちにもこっちにも咲《さ》いているのにね。野原に行ったら、いっぱい咲《さ》いていたから、あたし、たんぽぽとクローバーの花かんむりを作ったんだよ。すっごく、すてきだった！」

そりゃあ、もちろん、すてきだったろう、とたんぽぽも思いました。

女の子は、すこしのあいだ、だまりこくって、たんぽぽをながめていましたが、

「お母さんにも見せてあげたいな」とつぶやきました。そして、

「寒《さむ》いけど、がんばって！」ちっちゃな声で、そう言うと、何度《なんど》かなごり惜《お》しそうに手を振《ふ》りました。

「じゃあね」

なんだ、もう行っちゃうの？

女の子のおしゃべりをもっと聞くことができるものとばかり思っていたので、たんぽぽは、ひどくがっかりしました。

吹《ふ》きつける風がいっそうつめたく感《かん》じられます。

冬の日は短《みじか》く、夕暮《ゆうぐ》れ時《どき》が近づいているのでした。

「お日さま。お日さま」

さっきほどには青くない空を見上げて、たんぽぽは、また呼《よ》ぶともなく呼《よ》びかけました。夜になって、太陽《たいよう》も隠《かく》れてしまったら、心のうちもどんなにか暗《くら》くなってしまうことでしょう。

8

あれ？　眠《ねむ》い――眠《ねむ》くてたまらなくなってきました。

しゃんと立っているのがむずかしく、黄色いあたまが石だたみのほうへとかしいでいきました。こくん。こくん。あたまを上げても、またすぐ下へ。大きく揺《ゆ》れるたびに、首や背《せ》から力が抜《ぬ》けていくようです。

どこからか足音が近づいてきて、たんぽぽがやっとのことで、そちらへ顔を向《む》けたら、目の前に、あの女の子が立っていました。

夢《ゆめ》なのかな？　ちょっとのあいだ、たんぽぽは、そう思ったんですよ。だって、半分、眠《ねむ》っているような気がしましたから。

「ね、たんぽぽ、一緒《いっしょ》に行く？」と女の子がたずねました。

どこへ？　一緒《いっしょ》にって、どうやって？

やっぱり、夢《ゆめ》なんだ、と思いました。

そうでなければ、どこかへ行けるはずがないもの。

女の子はしゃがんで、たんぽぽをじっと見つめていましたが、やがて言いました。

「つんでもいいかな？」

その言葉《ことば》に、たんぽぽは、はっとして、ようやく目が覚《さ》めました。

「ひとつだけだから、花かんむりは作れないけど、おうちに帰ったら、お水をたっぷり入れたちっちゃなガラスのびんに活《い》けてあげる」

女の子は、小さな手を伸《の》ばして、ほっそりした緑《みどり》のからだを指先《ゆびさき》でつまみました。たんぽぽは、思わず、かたく目を閉《と》じました。

折《お》っちゃうつもりなの、ぼくを？

折《お》られたら、どうなってしまうのでしょう。慣《な》れ親《した》しんだ土や、しっかりと長い根《ね》っこ、ぎざぎざの葉《は》っぱから引きはなされて。それでも生きられるものなのでしょうか。ガラスびんの中の水だけで？

女の子が指先《ゆびさき》に、すこしずつ力をこめていくのが感《かん》じられました。でも、わずかに、ためらっているようです。女の子が迷《まよ》っているらしいことに気づいて、たんぽぽは、閉《と》じていた目を見開《みひら》きました。

どうしたの？　折《お》らないの？

問《と》いかけるまなざしを向《む》けると、まるで、その声にならない声が聞こえたみたいに、女の子は首をかしげました。そして、もう一度《いちど》、

「つんでもいいかな？」と言いました。

どうかな？　たんぽぽも首をかしげました。

折《お》られてもいい？　こわくない？

今度《こんど》は、自分自身《じぶんじしん》に、たずねてみました。

まったくこわくない、と言ったら、うそになりますが——自分でもおどろいた

ことに、いても立ってもいられないほどの、差《さ》し迫《せま》ったこわさは感《かん》じていないようなのです。

通りがかりの人に踏《ふ》まれそうになったときや、あの妙《みょう》ちきりんなキャラメルソース犬に食べられそうになったとき、男の子が乗《の》った自転車《じてんしゃ》にひかれそうになったときには、心底《しんそこ》おそろしくて、あんなにもふるえあがったというのに。

この女の子と一緒《いっしょ》に、ここをはなれて、どこかへ行くのもわるくないかもしれない――そんなふうに、たんぽぽは、つい考えてしまうのです。

女の子の家に行くまでのあいだ、目あたらしい景色《けしき》をながめることもできるでしょう。家に着《つ》いたら、お母さんに会えるのかな？　ほかにも、家族《かぞく》がいるのかな？　犬やねこは？　ガラスのびんに活《い》けてもらって、あたたかな部屋《へや》で、のんびり過《す》ごすのもいいんじゃないかな？

「ね、いいよね？」女の子が言いました。

つんでもいいよね？　ということでしょう。それでいて、その指先《ゆびさき》に、思い

きった力をこめることができないままに、

「だって、あたしが見つけたんだもん。あたしのお花だよ」

ちょっとむきになって、だれかに――たんぽぽに？　それとも、自分自身《じぶんじしん》に？

――言い聞かせるようにして、女の子はつぶやきました。

「ね、あたしのたんぽぽでしょ？」

え？　そうなのかな？

たんぽぽはおどろいて、まばたきしました。

そっか。じゃあ、きみは、ぼくの人間？

ぼくも、やっと出会ったってこと？　きみこそが、ぼくの人間なの？　うれしくなって、ふと、たんぽぽが女の子の指先《ゆびさき》に身《み》をもたせかけたとき、

「なんだ！　なんだ！　なにやってるの？」

大きな声をあげながら、駆《か》けてきたものがありました。

だあれ？　もちろん、マールです。この子犬は石だたみに足がつかないような

勢《いきお》いで、走って、走って、たちまち、女の子のそばまで来ると、

「なにやってるの？　だめだよ！　やめろって！」

しっぽをせわしなく振《ふ》って、きびしい声音《こわね》で言いました。

女の子はびっくりして、

「えっ、なに？」目をまるくして、子犬を見つめましたが、

「やめろって言ったんだよ。なんで、わかんないのさ。あっちへ行け！　どっか行っちゃえ！　そうでないと……」

マールは、いっそう声を荒《あら》らげました。

たんぽぽは、この子犬がさっきまでとはまるっきりべつの犬になってしまったかのように、乱暴《らんぼう》で荒々《あらあら》しいことに目《め》をみはりました。まったくもって、マールらしくないではありませんか。

どうやら、女の子がたんぽぽをつもうとしたことに怒《おこ》っているようです。でも、人間には、犬の言葉《ことば》は通じませんからね。マールが鼻《はな》のあたまにしわを寄《よ》せ、わうわうっ、わううっ、と、さかんにほえていると、

「なんなの、どうしたの？」女の子は立ち上がって、こまったように眉《まゆ》を寄《よ》せました。もともと犬が好《す》きなのでしょうか、それとも、マールがまだほんの子犬だからでしょうか、さほどおびえているふうでもなく、ただただ、とまどっているようです。

こわがってないな。強い子なんだな――たんぽぽは頼《たの》もしく思って、くすっと笑《わら》いました。すると、マールは、たちまち気をわるくして、

「なにがおかしいんだよ？」今度《こんど》は、たんぽぽに向《む》かって、にらみをきかせました。

「ね、子犬ちゃん」女の子はマールをなだめようとして声をかけたものの、またしても、わうう、わうっ、と、ほえたてられると、

「どうしたの？　機嫌《きげん》がわるいの？」まずは、そうたずねました。

「あたりまえだろ」

わううう、わううっ！

女の子は、一歩、二歩、と後ずさりして、

「もしかしたら、いじわるな犬なの？」

「あんたこそ、いじわるな女の子だよ」

わうわう、わう、わうわううっ！

「ほえるの、やめて。あたし、もう行くから」

女の子は、たんぽぽとマールからはなれようとしました。ところが、ちょっと首をかしげて立ち止まると、またたんぽぽのほうへ歩みよって、すばやく身《み》をかがめ、手を伸《の》ばしました。

そうです。いよいよ、たんぽぽを折《お》ろうとしたのです。

はっと息《いき》をのんだ、ちいさな花の目の前で、

「やめろって！　はなせ！　たんぽぽから手をはなせ！」

とっさに、マールは後ろ足で石だたみをけって、高く跳《と》び、思いきり力をこめて、女の子にからだをぶつけました。

それは、ほんの一瞬《いっしゅん》の出来事《できごと》でした。

女の子はよろけつつ逃《に》げようとして、後ろに身《み》をそらしたはずみで、石だたみの上にしりもちをつきました。そして、からだをささえようとして、腕《うで》をすりむいてしまったらしく、

「いたっ！」と声をもらして、目になみだをうかべました。

痛《いた》みより、もしかしたら、おどろきのせいで。

マールは、そうなってもなお、わうう、わうっ、わううっ、前よりいっそうはげしく、しつこくほえつづけています。目に怒《いか》りをやどらせ、とがった牙《きば》のよう

な歯《は》をむきだしにして。しまいには、からだを低《ひく》くして、背中《せなか》の毛を逆立《さかだ》たせ、ううううっ、うううっ、と、うなることもしました。

今にも、ふたたび女の子に飛《と》びかからんばかりに。

いったい、どうしたらいいのでしょう。

「マール……マール……」

たんぽぽがおろおろして、友だちの名を繰《く》り返《かえ》し呼《よ》んでいたら、

「マール！　マール！」

聞《き》き覚《おぼ》えのある声とともに、足音が近づいてきました。

すると、マールの耳がぴくっと動《うご》き、ふと口もとがゆるみ、あんなにも険《けわ》しかった目の表情《ひょうじょう》がすこしずつ、やわらいでいきました。

いらだちの色がうすれ、たんぽぽの好《す》きな、あのやさしい素直《すなお》な子犬のまなざしがもどってきたのです。

9

「マール！」

あの人でした――マールが言うところの〈ぼくの人間〉――通りのはしっこまで走ってくると、心配《しんぱい》そうに顔をくもらせ、

「転《ころ》んだの？　だいじょうぶ？」女の子をささえて、立ち上がるよう手を貸《か》しました。それから、マールのほうを見て、

「ほえてただろ？　どうしたの？」とたずねました。

ところが、子犬がこたえる前に、

「わかんない」と女の子が言いました。目と鼻《はな》のあたまを赤くして。

「急《きゅう》に、このわんわん、あたしのほうへ駆《か》けてきたの」

男の人がマールにとも女の子にともつかない感《かん》じで、

「じゃれようとしたのかな？　だけど、ほえるなんて」と言うと、

「わかんない」もう一度《いちど》、女の子がつぶやきました。

マールはだまりこくって、悲《かな》しい目をしています。男の人は、そのことに気づいているのか、いないのか――

「だいじょうぶ？　どこか痛《いた》くした？」そう言いながら、女の子の前にひざまずきました。腕《うで》から血《ち》が出ているのを目にすると、

「あ、ケガしちゃったんだ？　転《ころ》んだとき、すりむいた？」

そして、今度《こんど》は、女の子の返事《へんじ》を待《ま》つことなく、マールのほうへ顔を向《む》け、きびしい調子《ちょうし》で、

「この子に、なにをしたんだ？　まさか、きみ」

と、そこで言葉《ことば》につまり、マールとそっくりの、ひどく悲《かな》しい目をして、やっとのことで言いました。

「……まさか、かもうとしたんじゃないだろうね？」

すると、女の子が何度《なんど》も首を横《よこ》に振《ふ》り、

「ちがうよ。ちがうよね？」

マールの耳がぱたぱたっと揺《ゆ》れました。

「あたし、このわんわんに嫌《きら》われてるの？　わんわん、なんか、あたしのこと、怒《おこ》ってるみたい。なんで？　あたし、なにもしてないのに」

男の人は、ふたたび子犬に向《む》き直《なお》り、

「マール。なんだよ？　いったい、どうしちゃったんだ？」

もどかしそうに繰《く》り返《かえ》し、たずねました。なにか言ってほしいのでしょう。この人になら、マールの言葉《ことば》は通じるのでしょうか。たんぽぽは息《いき》をつめるようにして、男の人と子犬のやりとりに耳をかたむけました。

マールは、しょんぼりと肩《かた》を落《お》として、しっぽをだらんと下げ、

「この子、なにもしてないってことは、ないよ」

ようやく、ぼそぼそと、つぶやきました。

「たんぽぽをつもうとしたんだ。せっかく咲《さ》いてるのに」そう言っているうちに、こげ茶色の目が、今にも溶《と》けてしまいそうにうるんできて、

「このちっちゃい花はね、寒《さむ》くたっていっしょうけんめい、たったひとりで咲《さ》いてるんだよ。それなのに」

子犬は、自分で口にした言葉《ことば》とともに、だんだんとまた怒《いか》りと悲《かな》しみがこみあげてきたのでしょう。こらえきれなくなって、足を踏《ふ》んばり、ううう っ、ううっ、と低《ひく》くうなりました。

とっさに、女の子は後ずさり、

「マール！」と男の人は声をあげました。

子犬は、はっとしたように、うなるのをやめましたが、

「わるい子だね。なんだっていうんだ？」

男の人はマールをにらみつけると、そのあとで、

「ケガの手当てをしなくちゃね。ぼくのところは、すぐそこのカフェなんだ。消《しょう》毒《どく》したら、あったかいココアでも飲《の》もう」

そう言って、女の子を連《つ》れて、歩きだしました。

どうやら、マールの人間に、マールの言葉《ことば》は通じなかったようです。

男の人がふと振《ふ》り返《かえ》って、

「マール、おいで！」と大声で言ったとき、子犬はとまどったような顔を上げました。もう一度《いちど》、呼《よ》ばれたら、すぐさま駆《か》けだして、あとを追《お》ったのかもしれませんが――それっきり、声はかかりませんでした。

子犬はすっかりうなだれて、しっぽも元気なく下を向《む》いたままです。

「ごめんね」たんぽぽは、小さな声で言いました。

「なんで、きみが謝《あやま》るのさ？」

「だって、マール、ぼくを守《まも》ろうとして」

すると、子犬は、ふうっと大きく息《いき》をつき、

「よかったよ、間に合って」と言いました。
たしかに、あとすこし、マールが来るのがおそかったら、あの女の子につまれてしまったのかもしれません。でも、かりに、そうなっていたとしても、よかったような――正直なところ、たんぽぽは、そう思っているのですが、それを言ったら、この子犬はきっとまた足を踏《ふ》んばって、悔《くや》しそうにうなって、怒《おこ》るでしょう。
「……ね、行かないの？」たんぽぽがたずねると、
「どこへ？」子犬は消《き》え入《い》りそうな声で言いました。

「きみの人間、きみのこと呼《よ》んでたじゃない？」

マールはちらっとカフェのほうを振《ふ》り向《む》いて、つまらなそうに肩《かた》をすくめました。男の人と女の子は、すでに、とびらの向《む》こうに行ってしまったあとらしく、もうすがたも見えません。

「ここにいるほうがいいよ」

「そう？」

「また、だれかやってきて、きみにひどいことするかもしれないからね。ぼくが見張《みは》ってないと」

「そしたら、ほえたり、うなったりするの？」

「あたりまえだろ！」

「……しかられちゃうよ」

「かまうもんか！」

子犬は、せいいっぱい強がって、ふんっ、と鼻《はな》を鳴らしました。

たんぽぽは、ふと泣《な》きたいような気持《きも》ちになったのに、黄色いあたまを揺《ゆ》らして、くすくすっと笑《わら》いました――風かしら。風が吹《ふ》いているの？

「なにがおかしいのさ？」マールも笑《わら》いだす一歩手前の顔になりました。ついさっきまで、あんなにも悲《かな》しそうな目をしていたのに。

いつしか空にはうっすらと白っぽい月が浮《う》かび、いちばん星もあらわれました。街灯《がいとう》のあたたかな光が石だたみを照《て》らしています。

なんだか、いよいよ、ほんとうに――

「ぼく、眠《ねむ》たくなってきちゃったな」

たんぽぽは、黄色いあたまをゆうらり上へ下へと揺《ゆ》らしました。

大きなあくびをひとつしたら――まぶたが重《おも》たく重《おも》たく重《おも》たく――

たんぽぽ！　たんぽぽ！

マールが呼《よ》ぶ声がしますが、どうしても目を開《あ》けることができません。おや？

月と星々の〈おやすみなさいの歌〉も聞こえてきます。久《ひさ》しぶりに耳にする、なつかしい調《しら》べです。

マール！　マール！

やがて、べつの声もしました。

呼《よ》んでいるよ、きみの人間が呼《よ》んでるよ。たんぽぽは、夢《ゆめ》うつつで、つぶやきました。もう行っちゃうんだね？　いいんだよ、行っても。

だって、もう夜だもの。

おやすみなさい、ぼくの友だち。

10

たんぽぽ……たんぽぽ……

だれが呼《よ》んでいるの？　お日さま？

その声にこたえようとして、たんぽぽは目を覚《さ》ましました。

朝の光がまぶしく、街《まち》や通りのようすも、木々や石だたみも、風に舞《ま》う落《お》ち葉《ば》も、なにもかもが、まあたらしく目に映《うつ》ります。

「おはよう！」ほがらかにあいさつすると、石だたみの上に寝《ね》そべっていたマールが飛《と》び起《お》きて、

「よかった、たんぽぽ」と言いました。

「ああ、もう。すごく心配《しんぱい》したんだよ」

どうして？　たんぽぽがぽかんとしていると、

「ほらね、だから、言ったでしょう？」フェンスの上から、そう声をかけてきたのは、ねこのミーシャでした。

「朝になったら、またちゃんと花が開《ひら》くって」

「うん。ほっとしたよ。ミーシャの言うとおりだった」

夜のあいだ、たんぽぽがかたく花を閉《と》じていたので、このまま眠《ねむ》りから覚《さ》めることなく、もう二度《にど》とおしゃべりもできなくなるのではないか、と子犬はずいぶんと気をもんだのでした。なにしろ、太陽《たいよう》が沈《しず》んでしまうと、いっそう寒《さむ》さがきびしくなりましたから。

「まさか、きみ、ずっと、ここにいたの？」たんぽぽがたずねると、

「もちろんさ！」マールは得意《とくい》そうにしっぽを振《ふ》りました。

「だって、約束《やくそく》しただろ？　ぼく、ここにいて、だれかがきみにひどいことをしないよう見張《みは》ってるって」

「……うん。でも、きみの人間がきみのこと、呼《よ》んでたじゃない？　せっかく、むかえにきてくれたのに、仲直《なかなお》りしなかったの？」

「あれっ、知ってるの？」

その問《と》いかけに、たんぽぽは、うなずきました。

「へえ？　花を閉《と》じていても、わかるんだね」

「どうかな？　もしかしたら、すこしだけ、ね」

すると、マールは決《き》まりわるそうに、

「ほんとのこと言うと、ちょっと、うちに帰ったんだよ。リクさんが心配《しんぱい》するから……あ、リクさんっていうのは、ぼくの人間のことだけどね……ぼく、あの人が寝《ね》ちゃったあとで、こっそりうちを出て、それからずっと、ここにいたんだ」

カフェの建物《たてもの》の上の階《かい》に、この子犬がリクさんとともに暮《く》らす住《す》まいがあるのです。

「マールがいないって気づいたら、あの人、またむかえにくるね。犬って、自由《じゆう》

気ままってわけにはいかないのね。好《す》きなときに、好《す》きなところにいることもできないなんて」とミーシャは肩《かた》をすくめ、

「ね、たんぽぽ、夜通し、わたしもあなたのそばにいたのよ」

そう言ってから、ちっちゃな声で、聞《き》き覚《おぼ》えのある調《しら》べを口ずさみました。あれ？　これは月と星々の〈おやすみなさいの歌〉ではありませんか！

「きみがうたっていたの？」たんぽぽがおどろいていると、

「わたしも、うたっていたのよ」ミーシャは、いたずらっぽい笑《え》みをうかべました。

「夜空のだれかさんたちと一緒《いっしょ》にね」

ミーシャが、なんでも知っている、というのは、まんざら口先だけの自慢《じまん》ではないのかもしれません。長く生きてきたせい？　おそらく、それだけではなく──ねこだから？　もしかしたら、ねことは、そういう生きものなのでしょうか。

「ありがとう。おかげで、よく眠《ねむ》れたよ」

たんぽぽがにっこりして言うと、ミーシャはすまして、とがった耳のあたりを

前足で二度《にど》、三度《さんど》とこすりました。それから、ふと、

「なんだか、ひげが重《おも》たくなってきた」とつぶやきました。

「ひげが、重《おも》たく？」

「空気がしめってくると、そうなるの。雨が降《ふ》るんじゃないかしら」

空は青々として、気持《きも》ちよく晴れわたっているようですが、気をつけてよく見れば、はるか遠くから、いぶした銀《ぎん》みたいな色合いの、ぶあつい雲がこちらに迫《せま》ってきます。

雨？　空から落《お》ちてくる水のしずくでしょう？　ぼくは、それ、嫌《きら》いじゃないはずだけど、と、たんぽぽが考えていると、

「雨って苦手《にがて》よ。ねこは、みんな、そう」ミーシャがくぐもった声で言いました。

「そりゃあ、わたしたちの毛は、上等《じょうとう》なレインコートみたいに水をはじくんだけど、さすがに長く雨に打《う》たれていたら、ぬれねずみになっちゃう」

「ねこなのに、ねずみ？」たんぽぽがびっくりしていると、ミーシャがうんざり

したように、うなずきました。

「そうよ。ねこなのに、ねずみ」

どういうこと？　空の魔法《まほう》でしょうか。

「じゃあ、ぼくは？　ぼくは、なんになるの？」

すかさず、マールが前のめりになって、たずねました。

「さあね？　あなた、雨にぬれたことないの？」

「あるよ、もちろん、あるさ」そうこたえてから、この子犬は、目玉をくるっと回して、しばらくのあいだ考えて、

「ぼくは、雨にぬれても、ぼくのままだったなあ」とつぶやきました。

「ねこだけなの？　ぬれたら、ねずみになるのは？」

なんだか、おもしろそうではありませんか。ぜひとも、ねずみになったミーシャを見てみたいものだ、と、たんぽぽは思いましたが、

「だから、いやなの、雨は」

このねこは、ひげだけではなく、気分もひどく重《おも》たそうです。

「あたたかい季節《きせつ》だったら、たんぽぽ、あなたなら恵《めぐ》みの雨だって喜《よろこ》ぶところでしょうけど、この寒《さむ》さだものね……」

「ぼくも、ねずみになっちゃう？」たんぽぽは、たずねました。

「ねずみにはならないけど、きっと凍《こご》えちゃうと思う」

すると、マールが片耳《かたみみ》をぱたっと動《うご》かして、

「そりゃ、たいへんだ」と言いました。にわかに心配《しんぱい》でたまらなくなってきたのでしょう、落《お》ち着《つ》かなげに足ぶみしながら、

「たんぽぽが氷《こおり》づけになっちゃったら、どうしよう？」

黒い鼻先《はなさき》を、ちいさな花に押《お》しつけて、ささやきました。

「どうしたらいい？　なにか、ぼくたちにできること、あるかな？」

11

午後になってまもなく、空はすっかりいぶし銀《ぎん》の雲におおわれて、あたりはうす暗《ぐら》くなり、だんだんと冷《ひ》えこんできました。

まだ雨は降《ふ》りだしていないものの、たんぽぽの葉《は》っぱや花がかじかんで、かたくなってきたみたいに感《かん》じられます。木枯《こが》らしに吹《ふ》かれて揺《ゆ》れるたびに、からだ中が、かちん、こちん、ぱりん、と音を立てそう。

「いよいよ、冬ね。冬が来たんだわ」

ミーシャがふわふわのやわらかな毛におおわれたからだを寄《よ》せてきて、ときどき、ふうっと息《いき》を吹《ふ》きかけ、たんぽぽをあたためてくれました。

冬——これが冬なの？　でも、ミーシャの息《いき》は、ふんわりとやさしいので、たんぽぽは、春風に吹《ふ》かれるってこんな感《かん》じかな、と思いました。

「きみがいなかったら、ぼく、どうなっていただろう」

もちろん、このねこだって、寒《さむ》くてたまらないのでしょう。いつもは明るいピンク色の鼻《はな》が白っぽく、やや青ざめてみえます。

「ね、雨が降《ふ》りだしたら、ミーシャ、ぼくのことは気にしないで、どこかへ行っちゃっていいんだからね。雨やどりしてきてね」

ずっと、そばにいてほしいけれど――ぬれねずみになったミーシャを見てみたいなんて、もはや、たんぽぽは思わなくなっていました。びしょぬれで、ちっちゃく、みすぼらしいようすになって、からだをふるわせているミーシャを前にしたら、たんぽぽは、きっと泣《な》いてしまいます。

なみだも凍《こお》って、かちん、こちん、というでしょうか。

ついに空も泣《な》きだしたみたいに、雨のしずくが落《お》ちてきました。たちまち、石だたみの上に水玉もようが広がり、やがて、街《まち》は、どこもかしこも、すっかりぬれて、色とりどりの傘《かさ》をさした人々が足早に通りすぎていきます。

「やっぱり、降《ふ》ってきちゃった」

「ミーシャ、ほんとに、もう行って。ねずみになっちゃう前に」

「……ええ、でも」

ミーシャがためらっていると、子犬がいちもくさんに走ってきました。朝のうちにマールがいないことに気づいたリクさんがむかえにきたので、やむなく、しばらくのあいだ、カフェにもどっていたのでした。

「雨だ！　雨だ！　雨だ！」

つめたい水をはねちらかしながら、子犬は通りのはしっこへ駆《か》けてきて、

「ごめんね、おそくなっちゃって。でも、ぼく、今の今まで、店を抜《ぬ》けだすチャンスを、じっとねらっていたんだよ」

雨をさけるため、お客《きゃく》さんがたくさん訪《おとず》れ、すっかりいそがしくなったリクさんの目をぬすんで、店を飛《と》びだしてきたのでしょう。

「ね、ミーシャ、交代《こうたい》しよう。きみは、雨やどりしてきてよ」

すると、このねこは、すこしのあいだ、迷《まよ》ったものの、

「じゃあ、ちょっと、あのベンチの下に入ってきていいかしら？　あそこなら、あなたたちのようすがよく見えるから」

「うん。それがいいよ。さあ、すぐに行って」

はやく、はやく、と、たんぽぽもうながしました。

ついさっきまで、ミーシャのつややかな毛の上を水玉がすべり落《お》ちていましたが、今や、びしょぬれになった毛がやせっぽちのからだにはりついて、背骨《せぼね》のごつごつしたかたちも目に見えるようになっています。

「ミーシャ、きみって、ぬれると……ねずみじゃないけど、なんだろう、なにか、べつの生きものって感《かん》じになっちゃうんだね」

マールが笑《わら》いをこらえて、そう言ったので、ミーシャはこの子犬をにらみつけました。そして、大急《おおいそ》ぎでベンチの下に入ると、ふるふるふるっ、ふるふるっ、と勢《いきお》

いよく身《み》ぶるいして、毛にしみとおった水をできるだけ振《ふ》るい落《お》としました。

さっそく、からだのあちこちをなめて、毛づくろいをしています。

よかった！　たんぽぽは、ちょっとほっとして――さて、今度《こんど》はマールに向《む》き直《なお》り、きまじめな顔で言いました。

「ね、きみもカフェへもどったほうがいいんじゃないかな？」

「なんでさ？　今、来たばっかりなのに」

「そりゃそうだけど……きみ、ミーシャのこと、笑《わら》ったりできないよ。きみも、なんだか、べつの生きものって感《かん》じになってきちゃったから」

べつの生きもの？　それなら、まだいいのですが、マールのふわふわっとした毛は――こんな言い方をしたら、この子犬に怒《おこ》られてしまうかしら――こうしているあいだにも、ぬれそぼったボロきれみたいになりつつありました。耳やあごから、ぽたん、ぽたん、雨のしずくが落《お》ちてきます。

「でも、ぼく、心配《しんぱい》なんだよ。たんぽぽ、きみは、ミーシャやぼくとちがって、見た目は、あんまり変《か》わらないけど、このまま大つぶの雨に打《う》たれていたら、ぽきんって折《お》れちゃうんじゃない？」

「……さあ？　どうかな」

それが、たんぽぽにとっては、せいいっぱいの返事《へんじ》でした。

へいっちゃら！　なんてことないよ――そんなふうに強がってでも陽気《ようき》にこたえられたらよかったのですが、思っていたよりずっと、雨はつめたく、はげしく、正直なところを言えば、たんぽぽは、いつ自分があっさり倒《たお》されてしまうかわからない、と感《かん》じていたのです。

「じゃあ、こうしようよ」

マールは、ぶるん、ぶるるるっ、と勇《いさ》ましくからだをふるわせて、毛にしみてきた水をはね飛《と》ばしてから、たんぽぽにおおいかぶさるようにして立ちました。

「ほら。こうやって、ぼくがきみの屋根《やね》になる」

「だめだよ！」とっさに、たんぽぽは声をあげました。

「だって、この雨、いつやむか、わからないんだよ。風邪《かぜ》をひいちゃうよ」

「風邪《かぜ》？　ふんっ、風邪《かぜ》なんて、どうってことないよ。ぼくのほうが、きみより強いんだから、こうしていようよ」

マール、きみのほうが、ぼくより強いって？――それならいいけれど、ほんとうに、そうなのかな？

ベンチの下から、ミーシャも気がかりなようすで見つめています。

「ぼくのことは放《ほう》っておいて。お願《ねが》いだから、もう行ってよ」

たんぽぽは、今にも泣《な》きだしそうな声で言いました。ほんとうは、うれしかったのですが、うれしいよりもっと――悲《かな》しいのでした。

どうして、ぼくは、こんな季節《きせつ》に咲《さ》いちゃったんだろう。

友だちに心配《しんぱい》をかけて。寒《さむ》い思いをさせて。

ね、お日さま、なぜなんでしょう――でも、太陽《たいよう》は雲に隠《かく》れてしまって、そのやわらかな光でたんぽぽをつつみこんではくれないのです。

12

たんぽぽは、ふと耳をすましてみました。

街《まち》が静《しず》かになったように感《かん》じられます。

自動車《じどうしゃ》のクラクションや、人々の話し声や笑《わら》い声《ごえ》、遠くで犬がほえる声、どこかの店から聞こえてくる音楽――そんな街《まち》の音を、空から落《お》ちてくる透明《とうめい》なしずくが吸《す》いこんでしまったのでしょうか。

降《ふ》りしきる雨の音だけが、からだの底《そこ》でひびいているような。

お日さま、ぼくの声が聞こえますか。

たんぽぽは、雲の向《む》こうの太陽《たいよう》に祈《いの》りました。

一分一秒《いっぷんいちびょう》でもはやく、マールの人間がむかえにきてくれますように。

でも、カフェを見やると、ひっきりなしにお客《きゃく》さんが出入りしています。これでは、マールの人間がすぐに来られなくても無理《むり》はありません。

なんとかしなくちゃ。どうしたらいいんだろう？

たんぽぽが考えこんでいたら、突然《とつぜん》、マールがからだをかたくして、息《いき》をのむ気配《けはい》がしました。なに？　なにごとでしょう。

「あの子だ。あの子がまた来たよ」

あの子？　……だあれ？

赤い長靴《ながぐつ》が近づいてくるのが、たんぽぽの目に飛《と》びこんできました。あっ、あの女の子だ！　わざと水たまりに足を踏《ふ》み入《い》れ、ぴしゃん！　ぱしゃん！　そのとなりを歩いているのは、緑色《みどりいろ》の長靴《ながぐつ》をはいた女の人です。

「あ、あのわんわんがいるよ。また、あそこにいる！」

「昨日《きのう》、話していた子犬？」

「うん……えーと、マールっていうんだった」

「ほんとに、同じ子犬なの？」

「たぶんね。毛がびしょぬれだから、昨日《きのう》とはちがう見た目だけど……マールだと思うな……」

「……どうしたのかしらね。こんな雨の中」

そんな会話も聞こえてきます。

もしかしたら、あの女の子のお母さんでしょうか。

「やっぱり、こっちに来るよ。なにしにきたんだろ？」マールが疑《うたぐ》り深《ぶか》そうな声で、つぶやきました。うなろうか、ほえようか、それとも、がまんしたほうがいいのか、迷《まよ》いに迷《まよ》って、息《いき》をつめるようにしています。

「だめだよ、ほえちゃ」

「また、きみのこと、つもうとしても？」

「……気の短《みじか》い、乱暴《らんぼう》な犬って思われないほうがいいんじゃないかな」

「なんでさ？　ぼくは、どう思われたってかまわないよ。あの女の子がきみに触《さわ》ろうとしたら、ぼく、かんべんしないよ」

たんぽぽとマールがひそひそ話している
あいだにも、女の子はまっすぐこちらへ
向《む》かってきて、

「ね、マール、なにしてるの、ここで?」

まるで友だちみたいに、親しげに声をかけてきました。
前の日に、この子犬におどかされて、ちょっとしたケガを
したことなど、まったく気にしていないようなのです。

マールは女の子をにらみつけたものの、

「この子犬、ほんとに、ひどくぬれちゃって。だいじょうぶかしら」女の人が
心配《しんぱい》そうにつぶやいて、マールに傘《かさ》をさしかけました。そして、
「いい子にしてるのよ」と言いながら、バッグの中からハンカチを取《と》りだして、
マールのあたまやからだをふきはじめました。そのあいだ、自分が雨にぬれるの

も、いっこうに気にするようすもなく――子犬は、くうん、と鼻《はな》を鳴らしました。

「お母さん、見て、見て」女の子が、ほがらかな声をあげました。

「ほら、たんぽぽ！　咲《さ》いてるでしょ？」

「どこ？」

「ここだよ、ここ。マールの下を見て」

女の子が指《ゆび》さすほうへ、女の人は腰《こし》をかがめて、

「あ、ほんとね！　わあ、冬のたんぽぽ」

「ね？　ね？　咲《さ》いてるでしょ？」

「そうね、ひとつだけ、ぽつんと。けなげな感《かん》じね」

「よかった、今日も咲《さ》いてて！　お母さんに見てもらいたかったの」

うん、うん、と女の人はうなずきました。

「ありがとう、ここに連《つ》れてきてくれて。たんぽぽを見たら、お母さんね、なんて言ったらいいかしら……胸《むね》のあたりが、ぽっとあったかくなった」

その声は、とてもやさしく、たんぽぽの胸《むね》にひびきました。

つめたい雨の中、友だちにも寒《さむ》い思いをさせて――いっそ、ぼくなんて、いないほうがいいのかな？　たんぽぽの心は、やりきれなさでいっぱいになっていたのですが、女の子と、そのお母さんに会ったら、ふと青空を思い出して、気持《きも》ちがすうっとしてきました。

「マール、たんぽぽのこと、踏《ふ》んづけちゃったりしないでよ。せっかく咲《さ》いてるんだから」女の子がいたずらっぽい笑《え》みをうかべて言うと、子犬は目をまるくして、それから、むきになって、まくしたてました。

「わうう！　踏《ふ》んづけるわけないだろ！　ぼく、たんぽぽがぬれないよう、こうやってここに立ってるんだから」

すると、子犬の言葉《ことば》は、人間には通じないはずですが、女の子はふいにまじめな顔つきになって、

「あれ？　もしかしたら」とつぶやきました。

「マール、たんぽぽを守《まも》ってあげてるのかな？」

すぐさま、この子犬はしっぽを振《ふ》って、そうだよ、そうだよ、そのとおりだよ、と元気いっぱい雨水をはね飛《と》ばしました。そのうれしそうなことといったら！

「うわ、つめたいっ」女の子は笑《わら》いだしました。

「マールったら、やんちゃね」お母さんも笑《わら》いました。

たんぽぽもくすくす笑《わら》いながら、ふとベンチの下を見やると、ミーシャも満足《まんぞく》そうに、しっぽをゆうらり揺《ゆ》らしていました。

「マール、ずーっと、ここにいるつもりなの？」

女の子の問《と》いかけに、わうっ、もちろん！　マールが力強くこたえると、

「雨、まだしばらく、やみそうにないけど」

空を見上げて、お母さんが言いました。

「じゃあ、お母さん、この傘《かさ》、マールとたんぽぽのために置《お》いていっちゃ、だめ？　ね、いいでしょ？」

お母さんはちょっと考えて、うなずきました。

「そうね、それがいいかもね」

よかった！　女の子はにっこりしました。

赤いふちどりの透《す》きとおったビニール傘《がさ》です。石だたみの上にななめにして置《お》いたら、マールのからだがすっぽりおおわれました。

女の子は、お母さんの傘《かさ》に入れてもらって、

「あたしたち、もう行くね。ばいばい、マール」

小さな手を振《ふ》りました。

「またね、たんぽぽ！」

ありがとうの気持《きも》ちをこめて、マールも前足をちょいっとかかげ、しっぽを振《ふ》ってみせました。たんぽぽも黄色いあたまを揺《ゆ》らしました。

会えてよかった、またね、きっとだよ！

13

雨は降《ふ》ったり、やんだり、また降《ふ》ったり——寒《さむ》さにふるえながら、マールは、いったい、何時間、通りのはしっこに立っていたでしょう。

雨やどりのお客《きゃく》さんがたえまなく訪《おとず》れたせいで、リクさんが仕事《しごと》の手を休めて、通りのはしっこへやってきたときには、もう日が暮《く》れかかっていました。

「たんぽぽが咲《さ》いているんだって？」

マールの顔を見るなり、そう言いました。女の子がお母さんと一緒《いっしょ》に、あのあとカフェに寄《よ》ったらしいのです。

子犬はすこしばかり得意《とくい》そうに、鼻《はな》の先で、たんぽぽのほうを差《さ》し示《しめ》しました。

リクさんは、ちいさな花を目にすると、

「へえ、びっくりだな！」その声は喜《よろこ》びに満《み》ちていました。

ふう。やっと見つけてくれた！　この人、何度《なんど》もここに来たっていうのにさ。

まったくもう、人間って、見たいものしか見ないんだな――たんぽぽは、すこしあきれつつも、やはり、うれしくてなりません。

ところが、リクさんは笑《え》みをうかべながらも、

「マール、きみがたんぽぽを守《まも》るために、ここにいるんだって、あの女の子は言うんだけど……いやあ、まさかね？」と言うのです。

「まさか？　どうして、まさか？」マールはきょとんとしましたが、その問《と》いかけに返事《へんじ》はなく、かわりに、

「なあ、マール。もう帰ろう？」子犬の顔色をうかがうような、頼《たの》みごとをするみたいな物言《ものい》いが返《かえ》ってきました。

「きみがどういうつもりか、わからないけど、いつまでも、ここにいるわけにもいかないだろう？」

「まだ、そんなこと言ってるの？　わからずや」マールは、鼻《はな》のあたまにしわを寄《よ》せて、つぶやきました。

「わかろうとする気がないから、わからないんだよ……せっかく、あの女の子がぼくたちのこと、話してくれたっていうのに、あーあ、ほんと、がっかりだな」

もし言葉《ことば》が通じていたら、その突《つ》きはなした物言《ものい》いに、リクさんもさぞかしがっかりして、肩《かた》を落《お》としたことでしょう。でも、なにしろ〈わからずや〉ですからね。ジャケットが泥《どろ》の混《ま》じった雨水でぬれてしまうのもかまわずに、子犬を抱《だ》きあげ、

「ほら、からだがすっかり冷《ひ》えてる」と言いました。

「すぐに帰って、あったかいお風呂《ふろ》に入って、毛をかわかそう」

「いいの、ぼくのことは、放《ほう》っておいて」マールはリクさんの腕《うで》から逃《のが》れようと、がむしゃらに足を動《うご》かし、からだをよじりました。

「マール！」たんぽぽは見るに見かねて、声をあげました。

「きみの人間の言うとおりにしたほうがいいよ。ぼくのことは気にしなくていいから」

「なんでさ？　気にするよ、気になるんだもの。ぼく、ここにいたいんだ。だれがなんて言ったって！」

どうしたらいいのでしょう。たんぽぽがこまりはてていると、ミーシャがベンチの下から出てきました。

「ね、そろそろ交代《こうたい》よ」と言いながら。

「マール、ここは、わたしにまかせて。あなたは、ちょっと休んできたら？」

リクさんは、どこからかマーマレード色のねこがあらわれたことに、ふと口もとをほころばせました。

「きみ、このあたりで、ときどき見かけるけど、街《まち》ねこだよね？　ぬれちゃって、かわいそうに。でも、あいかわらず、きれいだな」

ほめられて、ミーシャはまんざらでもないようです。さっそく、リクさんのそ

ばへ行って、ふくらはぎに何度《なんど》か横腹《よこばら》をこすりつけました。ねこが親しみをあらわすときの仕草《しぐさ》です。でも、今は、この人が道ばたで出会ったねこの、ぬれそぼった毛をいやがらないか、ためしているのでした。

「ひとなつこいなあ。いい子だね」

リクさんはいやがるどころか、くすぐったそうに笑《わら》って、ミーシャのあたまをなでました。ミーシャは満足《まんぞく》そうにうなずいて、

「ね、マール、あなたの人間、いいやつじゃない？　なんだか、ちょっと見直しちゃった」

「はあ？　いいやつに決《き》まってるだろ？　なんだよ、今ごろ」

ミーシャは、今度《こんど》は、たんぽぽの黄色いあたまに、二度《にど》、三度《さんど》と、鼻先《はなさき》で軽《かる》く触《ふ》れてみせました。

リクさんは、あれ？　という顔をして、

「きみも、たんぽぽを気にかけているんだなあ」とつぶやきました。

それから、だれにともなく、

「どういうこと？」と、たずねました。

「きみたち、たんぽぽと友だちだったりして？」

そのとおり、友だちだよ！　ここぞとばかりに、
子犬はさかんにしっぽを振《ふ》りましたが、

「まさかね？」リクさんは、なおも、そう言いました。

そして、しばらく言葉《ことば》もなく――雨の音に耳をすましているみたいな表情《ひょうじょう》をうかべ、たんぽぽ、ミーシャ、マールの顔をゆっくりと見やってから、

「ほんとに、きみたち、友だちだったらいいね……うん。友だちだったら、いいと思うよ」と言いました。

「友だちになるって、だって、かんたんなことじゃないだろう？」

マールは、そうなの？　という顔をしました。そのかたわらで、ミーシャは、そうね、と、うなずいて、つややかな声で鳴きました。

そうなのかな？　どうなんだろう？　たんぽぽがそのことについて考えていると――

くしゃあああん！　マールがいきなり、からだが後ろへ吹《ふ》っ飛《と》んでしまいそうなほど大きなくしゃみをしたので、

「おっと、風邪《かぜ》をひきそうなんじゃない？」

リクさんは、たちまち心配《しんぱい》そうに眉《まゆ》をひそめました。

「ほら、やっぱり！　マール、帰っててちょうだい。おうちであたたかくしていて。交代《こうたい》よ。わたし、あなたにお願《ねが》いしてるのよ」

ミーシャがすかさず金色の目を細め、とがった歯《は》を見せて、しゃーっ！　と鋭《するど》い音を立てました。つまり、これは、わたしに歯向《はむ》かわないほうが身《み》のためよ、と伝《つた》えようとしているのでした。

こうなったら、もう、このねこの言うことをおとなしく聞くほかないでしょう。だって、ほら！　マールったら、思わず、ふるえあがって、しっぽをまるめてし

まったんですよ。

リクさんは、ミーシャを頼《たの》もしそうに見つめて、

「きみは、ここにいるつもりなんだね？」と言いました。

「じゃあ、こうしようか。ぼくは、きみのために、あたためたミルクを持《も》ってくるよ。そのほかにも、なにか食べものを、ね」

「すてきね。ありがとう」ミーシャは、にっこりしました。

リクさんは、風に吹《ふ》き飛《と》ばされないよう、石だたみのすきまに女の子の傘《かさ》の柄《え》をしっかりとはさみこんで、

「よし、これでいい。たんぽぽのことをよろしくね」

「よろしくね、ミーシャ」マールも、かすれ声で言いました。

「ごめんね、たんぽぽ。またね、たんぽぽ」

リクさんの腕《うで》に抱《だ》かれて去《さ》りゆくとき、この子犬は、なごり惜《お》しそうに肩《かた》ごしに顔をのぞかせ、

「明日も、ちゃんと咲《さ》くよね？　花を閉《と》じても、また開《ひら》くんだよね？」繰《く》り返《かえ》し、そう言いました――顔はくしゃくしゃになっていました。

もしかしたら、泣《な》いていたのかしら。それとも、たんぽぽを見つめる子犬の目をぬらしていたのは、やはり雨だったでしょうか。

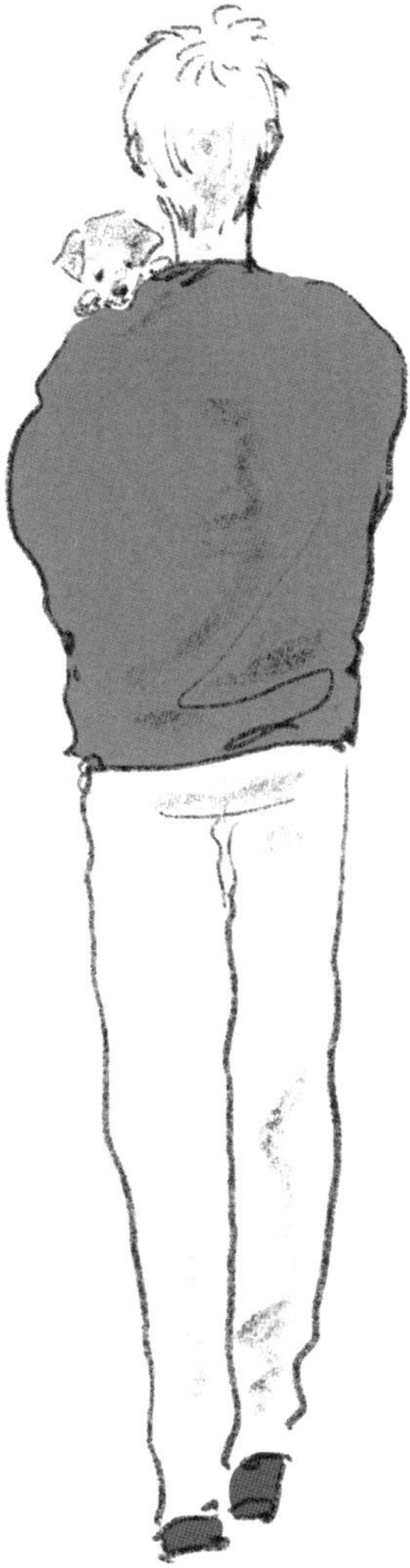

14

マールは、その夜、雨の音を聞きながら、眠《ねむ》りにつきました。

たんぽぽ、凍《こご》えてないかな？

ミーシャ、ぬれねずみになってないかな？

ほんとうは、リクさんが寝《ね》てしまったら、またこっそり、ふたりのもとへ行くつもりだったのですが、からだが重《おも》たく熱《ねっ》ぽく、どうにも起《お》きあがる元気がなかったのでした。

ひと晩《ばん》、眠《ねむ》ったら、きっと、よくなっているよ。そう自分に言い聞かせて目を閉《と》じて――なんとも寝苦《ねぐる》しい夜を過《す》ごしました。

そして、窓《まど》の外がだんだん明るくなってきたら、まだ目覚《めざ》めきっていないにもかかわらず、マールは、ぱたっ！　長い耳をそばだてました。

消《き》えた？　あの音。

ずっと続《つづ》いていた、あの音。

そうです、眠《ねむ》りの中にいてもなお、マールの心をわずらわせていた、つめたい雨の音がしないのでした。

「よかった！　雨、やんだんだ」

まだからだはだるかったものの、子犬は窓辺《まどべ》のいすによじのぼって、外を見やりました。そして、おどろきのあまり、足をすべらせて、いすから転《ころ》げ落《お》ちそうになりました。

なあに、これ？　いったい、どういうこと？

マールは何度《なんど》もまばたきをして、目をこらしました。眠《ねむ》る前とはまったくちがう景色《けしき》です。真《ま》っ白《しろ》！　世界《せかい》が真《ま》っ白《しろ》になっていたのです。

通りも、木々も、建物《たてもの》の屋根《やね》も、ベンチも、なにもかもが白いものにおおわれています。見上げたら、空から、ふわり、ふわり、なにか舞《ま》い降《お》りてきます。お砂糖《さとう》？　白い鳥の羽？　雲のかけら？

「マール、雪だよ。雨が雪になったんだ。どうりで寒《さむ》いわけだよ」

後ろで声がしたので振《ふ》り向《む》くと、リクさんがいました。

「わうう、ゆき？　なんなの、それ？」

マールが目をまるくしていると、

「びっくりしてるの？　そりゃあ、びっくりするよなあ。マール、雪を見るのは、生まれてはじめてだもんな」

リクさんはそう言いながら、窓《まど》をすこし開《あ》けました。すると、鼻《はな》のあたまが凍《こお》りつきそうなほど、ひやっとした風が吹《ふ》きこんできて、ふんわりと白いものが舞《ま》いこんできました。

「ほら、これが雪だよ」

「わうう？」

「おもしろいだろ？　ちょっと外に出てみようか」リクさんは、マールをひょいっと抱《だ》きあげて、おや？　という顔をしました。

「からだが熱《あつ》いよ。鼻《はな》もかわいてる。やっぱり、風邪《かぜ》ひいちゃったか」

マールは、あわてて鼻《はな》をぺろっとなめて、元気なようすを見せようとしました。たんぽぽとミーシャのことが気がかりなので、外へ行きたくてたまらないのです。ところが、思いきり、しっぽを振《ふ》ろうとしても、へたっと下を向《む》いたまま、まったく力が入りません。

「今日は、一日、家であたたかくして寝《ね》ていなくちゃね」

リクさんはそう言ったあとで、急《きゅう》に気むずかしい顔をして、

「おとなしくしていないと、クリニックに行って、注射《ちゅうしゃ》だ

ぞ」と、おどかしました。

クリニック？　注射《ちゅうしゃ》？　そんなもの、マールは大嫌《だいきら》いです。ううっと低《ひく》くうなって、からだをかたくしたら、

「じゃあ、いい子にしているんだよ。ぼくは、これから、あのねこのところへ朝ごはんを持《も》っていくからね。たんぽぽのようすも見てくる。きみは、安心《あんしん》していいよ」

〈わからずや〉のリクさんですが、だんだん、マールの気持《きも》ちに寄《よ》りそうようになってきたようです。子犬は、しょんぼりとうなずきました。

そして、リクさんが出かけてしまうと、毛布《もうふ》にくるまって、出窓《でまど》に寝《ね》そべり、外をながめて過《す》ごしました。

雲のあいだから太陽《たいよう》が顔を出し、真《ま》っ白《しろ》な世界《せかい》がかがやいて、まぶしい！　冬もののコートを身《み》につけた人々が通りを歩いていきます。降《ふ》りつもった雪に、大きな足あと、小さな足あとをつけて。

たんぽぽとミーシャも、今、この景色《けしき》を見ているでしょうか。

朝になって、花開《はなひら》いたとき、たんぽぽもさぞかしおどろいたことでしょう。はっと息《いき》をのんで、これ、なあに？　とミーシャにたずねたでしょうか。あの小さな黄色いあたまを揺《ゆ》らして。

たんぽぽ！　ミーシャ！　会いたいよ。

すごいね、雪って。ふわっふわだよ。きれいだね——そう言い合って、雪の中で一緒《いっしょ》に笑《わら》うことができたらいいのに。

マールは、うっとりと夢見《ゆめみ》がちに、ため息《いき》をつきました。でも、背《せ》をまるめ、うつむいてコートのえりを立てて歩いている人を目にしたときには、ふと寒気《さむけ》を覚《おぼ》えて、ぶるっと身《み》ぶるいしました。

ほんとうのことを言えば、マールは心配《しんぱい》でならないのでした。たんぽぽ、だいじょうぶかな？　ちゃんと目を覚《さ》まして、花を開《ひら》いたかな？　まさか、雪にうもれてないよね？　たんぽぽ……たんぽぽ……

ミーシャがちゃんと守《まも》ってくれているとは思うものの、なんだか、いてもたってもいられない気持《きも》ちになって——やっぱり、ぼくも、ふたりのところへ行かなくちゃ！　マールは毛布《もうふ》をはらいのけ、出窓《でまど》から床《ゆか》に飛《と》びおりました。ところが、どうしたことか、足がもつれて、うまく動《うご》きません。息《いき》が苦《くる》しく、かすかにめまいもするようです。

部屋《へや》のかたすみで、ぐったりと、うずくまっていたら、

「ただいま、マール」リクさんがもどってきました。そして、マールのすがたを目にするなり、あわてて駆《か》けよってきて、

「どうした？」と声をあげました。

「クリニックへ行こう、今すぐだ！」

リクさんは大急《おおいそ》ぎで、マールを毛布《もうふ》でくるみ、そっと抱《だ》きあげると家を出て、通りにとめてある車に乗《の》りました。

いつもなら、マールはドライブが大好《だいす》きです。ちょっと遠出をして、街《まち》はずれ

の野原や川べりに散歩《さんぽ》に連《つ》れていってもらうときなど、車の窓《まど》から移《うつ》りゆく景色《けしき》をながめるのが楽しくてなりません。

でも、今は――助手席《じょしゅせき》におとなしく横《よこ》になって、エンジンの音に耳をすましていました。

「マール、だいじょうぶか。どうしちゃったんだろうなあ？　やっぱり、風邪《かぜ》かなあ。寒《さむ》くない？　ヒーターを入れたからね、もうすぐ、あったかくなると思うけど」

リクさんは、いつにもまして、いっそうやさしい声で言い、

「道がすべりやすくなってるから、気をつけないと」

スピードを落《お》として、注意深《ちゅういぶか》くハンドルを切りながら、進《すす》みます。

だいじょうぶだよ、心配《しんぱい》しないでね――そんな気持《きも》ちをこめて、マールが、ぱたっ、ぱたっ、しっぽでシートをゆったりとたたいていたら、

「あのねこに、朝ごはんをあげてきたよ。なでてみたら、からだが冷《ひ》えきってい

て、かわいそうだったな。この寒《さむ》さだものね。これまでも何度《なんど》も、街《まち》で冬を越《こ》してきたんだろうけど……」

リクさんは、それから、しばらく、だまっていましたが、赤信号《あかしんごう》で止まったときに、マールの顔をのぞきこみ、たずねました。

「あのねこ、ぼくたちのところで暮《く》らしたら、いいんじゃないかな？　冬のあいだだけでも。どう思う、マール？」

さあ、どうだろ？　マールは首をかしげました。

すてきだと思うけど、ミーシャはなんて言うかな？

なにしろ、ミーシャは、自由《じゆう》で気ままな街《まち》ねこだということを誇《ほこ》りに思っているのです。家ねこにはなりたくないかもしれません。

「あとで、夕ごはんを持《も》っていったときに、ようすを見て、考えてみよう」

信号《しんごう》が青に変《か》わったので、リクさんはまた車を走らせました。

マールは、くうん、と鼻《はな》を鳴らしました。もちろん、ミーシャのことも気になりますが、今はそれより——たんぽぽは？
リクさんがたんぽぽのことをなにも言おうとしないのは、なぜなのでしょう。
まるで、その話をするのをさけているみたいです。
たんぽぽ、元気なの？
元気なら、元気だと言って。
マールは心細くてたまらなくなりました。
すると、この子犬の悲《かな》しみが伝《つた》わったのでしょうか。
「あのね、マール、きみのたんぽぽのことだけど……」
ようやく、リクさんが言いかけました。でも、マールがその横顔《よこがお》を見上げると、
どうしてか、ふと口をつぐんで——
「この話は、またにしようか。きみのからだがよくなってからね」
そうつぶやいたのは、クリニックのすぐ近くまで来たときでした。

15

午後になると、雪がまた降《ふ》りはじめました。

たえまなく降《ふ》りしきり、街《まち》のすべて——かたちも色も音も、なにもかもが、真《ま》っ白《しろ》に消《き》えてしまいそうです。

熱《ねつ》のせい？　注射《ちゅうしゃ》のせい？　マールはクリニックから家に帰ると、たちまち、深《ふか》い眠《ねむ》りに落《お》ちてしまいました。

そして、はっと目覚《めざ》めたときには、真《ま》っ暗《くら》でした。

真夜中《まよなか》？　耳をすますと、となりの部屋《へや》から、リクさんの寝息《ねいき》が聞こえてきます。そのやすらかな気配《けはい》にほっとしつつも、マールは妙《みょう》に目が冴《さ》えてしまって、眠《ねむ》りにもどれそうにありませんでした。

――かたっ！　小さな音がしました。

なんだろう？　どこ？

すると、また、かたっ！　どうやら、窓《まど》ガラスになにか当たったみたいです。

マールは起《お》きあがって、出窓《でまど》によじのぼりました。たっぷり眠《ねむ》ったからでしょうか、だるさや熱《ねっ》っぽさは、もう感《かん》じられません。

ひんやりつめたい窓《まど》ガラスに鼻先《はなさき》を押《お》しつけて外を見やると、昼間よりいっそう雪が積《つ》もって、街灯《がいとう》に照《て》らされ、不思議《ふしぎ》な色合いに光っています。

何時なのかはわかりませんが、やはり夜中なのでしょう。

通りには、だあれもいません。

ところが――あれっ？　窓《まど》の下に小さな人影《ひとかげ》が見えました。腕《うで》を振《ふ》り上《あ》げ、前のほうへぐいっと動《うご》かしたと思ったら、そのあとに、窓《まど》ガラスに、かたっ！　なにかがぶつかりました。

小石？　小石を投《な》げたのでしょうか。

マールはじっと目をこらしました。窓《まど》の下にいるのは、男の子でした。モスグリーンのダッフルコートを着《き》て、雪の中にたたずんでいます。マールと目が合うと、笑《え》みをうかべて、手を振《ふ》りました。

そのすがたに、なつかしさを覚《おぼ》えて、

「ね、ぼくのこと、呼《よ》んだ?」

ふと、そんなつぶやきがマールの口をついて出ました。そして、その瞬間《しゅんかん》に、気づいたのです――あの男の子、たんぽぽだよ!

通りのはしっこで、ほっそりとした

緑《みどり》の背《せ》を伸《の》ばして、黄色いあたまをかかげていたときとは、まったくちがうすがたですが、まちがいありません。あの男の子は、たんぽぽです。

たんぽぽ！　たんぽぽ！

ぼくのことを呼《よ》びにきたんだね？

すると、この子犬の心の声が聞こえたみたいに、男の子は大きくうなずいて、いっそう元気よく手を振《ふ》りました。

わうう。今、行くよ！　マールは大急《おおいそ》ぎで部屋《へや》を出て、階段《かいだん》を降《お》りていきました。カフェの勝手口《かってぐち》のそばに小窓《こまど》があり、空気の入《い》れ替《か》えのため、いつもすこし開《あ》けてあります。この子犬がこっそり出かけるときには、いつもこの窓《まど》を使《つか》っているのでした。

外に顔を突《つ》きだしたら、ひゅうっ！　雪まじりの風が吹《ふ》きつけてきましたが、マールはひるむことなく、外に出ました。

さくっ、さくっ、足もとで、かすかな音がします。わうう、つめたい！

これが雪！　たちまち、足の裏《うら》がしびれてきそう。

でも、だいじょうぶ、かまうもんか！　マールはしっぽを振《ふ》りつつ、勇《いさ》んで走っていきました。

街《まち》の灯《あか》りのもと、男の子は立っていました。マールを目にすると、顔中に笑《え》みを広げて声をあげました。

「マール！」

「たんぽぽ！」

男の子は雪の上にひざをつき、両腕《りょううで》を広げて、いちもくさんに駆《か》けてきた子犬を抱《だ》きとめました。

「よくわかったね、ぼくだって」

「そりゃあ、わかるよ。わかるに決《き》まってるだろ？」マールは前足で男の子にじゃれつきながら、自信《じしん》たっぷりのようすで言いました。

「でもさ、ぼく、ちょっと心配《しんぱい》してたんだよ。たんぽぽ、きみがどうしているかなって。だって、この雪だろ？　寒《さむ》いし、つめたいし、街《まち》のいろんなものが雪にうもれちゃったから」

「このとおり！　ぼくは元気だよ」男の子は、ほがらかに言いました。

「あの女の子の傘《かさ》とミーシャがぼくを守《まも》ってくれたんだ。ときどき、きみの人間がようすを見にきてくれたしね。マール、きみこそ、どうなの？」

その問《と》いかけに、この子犬はさかんに飛《と》びはねつつ、こたえました。

「うん、元気になったよ。ほら、すっかり、よくなった」

「じゃあ、一緒《いっしょ》に遊《あそ》べるね！」そう言うなり、男の子は立ち上がって、駆《か》けだしました。もちろん、マールもすぐさま追《お》いかけました。

さくっ、さくっ、まっさらな雪の上に、男の子の足あと、それから、マールの足あとが続《つづ》きます。

あっちへ走り、こっちへ走り――ときどき、男の子は振《ふ》り向《む》いて、自分の後ろに足あとがあることに満足《まんぞく》そうにうなずき、

「すごいや！　すごいぞ！」と言いました。

「ぼく、歩いたり、走ったりしてみたいと思ってたんだ」

「じゃあ、願《ねが》いがかなったね」

「うん。もっと走ろう」

「わうう！　走ろう」

マールは男の子を追《お》いかけ、追《お》い抜《ぬ》き、今度《こんど》は男の子に追《お》いかけられて、走って走って、どこまでも走って――男の子が足をすべらせて転《ころ》んだときには駆《か》けよって、ふたりで真《ま》っ白《しろ》な息《いき》をはきながら、笑《わら》いました。

「マール！　マール！」

男の子がかがんで両手《りょうて》を伸《の》ばし、雪をすくいあげ、この子犬に向《む》かって投《な》げました。さらさらと細かい雪がぱあっと散《ち》って、ちらちらと光りながら、ゆっくりと落《お》ちていきます。

「きれいだなあ」マールは、うっとりとつぶやきました。

そして、走りつかれると、ふたりは雪の上にあおむけに寝転《ねころ》がりました。空は銀色《ぎんいろ》。まるで、はるかな高みから、星くずが降《ふ》ってくるみたい。じっと見つめていると、からだがふわりふわりと浮《う》きあがっていくように感《かん》じられます。

「雪ってつめたいけど、あったかいな」

そう男の子が言うので、マールもうなずきました。

「うん。雲の上にいたら、こんな感《かん》じかな？」

「もしかしたらね。ぼく、この季節《きせつ》に咲《さ》いてよかったな」

「わう！　ぼくも、冬が好《す》きになったよ」

ふたりは顔を見合わせて、にっこりしましたが――と、そのとき、マールは、はっとしました。そういえば、ミーシャは？

マールは、男の子のすがたになった、たんぽぽと会えたことが、あまりにうれしくて、ついうっかりしていたのでした。あのマーマレード色のねこは、今、どうしているのでしょう。

「ね、ミーシャは、どこにいるの？」

マールはあわててたずねましたが、男の子は、おっとりとすまして言いました。

「ミーシャ？　ここにいるよ」

「ここ？　ここって、どこさ？」

「ここだよ。ぼくたちのこと、見てる」

マールは起《お》きあがって、あっちへ、こっちへ顔を向《む》けました。でも、ミーシャのすがたは、どこにもありません。

すると、男の子が空のかなたを指《ゆび》さしました。

おや？　いつのまにやら、銀色《ぎんいろ》の空に月が浮《う》かびあがっています。数日前に、満月《まんげつ》は過《す》ぎてしまったはずですが、まあるい、まんまるの月でした。

「大きな月だなあ」男の子は感心《かんしん》したらしく言いました。それから、ふふっと

笑《わら》って、つけくわえました。

「ミーシャは、月が好《す》きだからね」

月明かりに照《て》らされて、青白くかがやきつつ、雪が舞《ま》っています。月を隠《かく》す雲もなく、よく晴れた夜空なのに、降《ふ》りしきる白いやわらかなものがいっこうにやむようすもないのは、なぜなのでしょう。

なんだか不思議《ふしぎ》な光景《こうけい》でした。

「ね、ミーシャは？　どこにいるのさ？」

マールがもう一度《いちど》たずねると、

「ここにいるよ、ぼくたちのこと、見てるんだよ」

男の子はゆっくりと、自分の言葉《ことば》をたしかめるようにして言いました。

「ミーシャはね、ぼくたちの夢《ゆめ》を見てるんだ」

「……どういうこと？」

「ぼくたち、ミーシャの夢《ゆめ》の中にいるんだよ」

夢《ゆめ》の中？　ミーシャの？

つまり、あのねこは、どこかで眠《ねむ》っているってこと？

マールは、あらためて、あたりを見回しました。星くずのような雪も、まあるい大きな月も、人っ子ひとりいない真《ま》っ白《しろ》な街《まち》も、ここにあるすべてがミーシャの夢《ゆめ》だというのでしょうか――たった今、ここで一緒《いっしょ》に遊《あそ》んでいる、たんぽぽとマールさえも？

にわかには信《しん》じがたい気持《きも》ちで、

「……ねこってやつは、寝《ね》てばっかりいるからなあ」マールは、ぼんやりと、いつも思っていることをつぶやきました。

男の子がかがんで、両手《りょうて》で、雪をかき集《あつ》めました。

「昼間、子どもたちがね、こうやって雪うさぎを作ってたんだよ。ぼくたちは、雪ねこにしようよ、ミーシャのために」そう言って、せっせと雪をかためていきます。

まるい背中《せなか》、ひゅうっと長いしっぽ、前足も後ろ足もからだの下にたくしこんで、うずくまっている、ねこのすがたです。

男の子は、ぴんととがった耳をていねいにかたち作りながら、ちっちゃな声で、なにか口ずさんでいます。

雨が降《ふ》ったら、ねこは、ぬれねずみに。
雪が降《ふ》ったら、たんぽぽは、男の子に。
それって、空の魔法《まほう》かな？
じゃあ、子犬は、なんになるの？

その歌にこたえて、

「ぼく？　ぼくは、ぼくのままだよ」

マールは、つい、むきになって言いました。

「雨が降《ふ》っても、雪が降《ふ》っても、ぼくは、ぼくのままだよ」

すると、今度《こんど》は、どこからか、べつの歌が聞こえてきました。いつか耳にしたことがあるような、心になじんだ調《しら》べでした。

だれがうたっているのでしょう。

「きみも知ってるだろう？　月と星々の〈おやすみなさいの歌〉だよ」

雪ねこを作る手を止めて、男の子が言いました。

「ミーシャがうたっているんだね。夜空のだれかさんと一緒《いっしょ》に、ね」

16

あの歌にさそわれて、眠《ねむ》ってしまったのでしょうか。

ふと目覚《めざ》めたとき、マールはブランケットにくるまって、自分の寝床《ねどこ》の中にいました。

「……いつ帰ってきたんだっけ？」

もう熱《ねつ》は下がったはずなのに、すこしあたまがぼんやりしていて、思い出そうにも、思い出せません。

おまけに、つい寝《ね》ぼうしてしまったようです。窓《まど》から射《さ》しこんでくる明るい陽《ひ》の光が、もうお昼近いことを知らせています。

夜中にずっと遊《あそ》んでいたから、寝《ね》すごしちゃったんだな――マールは、起《お》きあがって部屋《へや》を出ると、階段《かいだん》を降《お》りていきました。

カフェはすでにお客《きゃく》さんたちでにぎわっています。人々の足もとをすり抜《ぬ》け、開《あ》けはなされたとびらに向《む》かって進《すす》んでいくと、腰《こし》にエプロンを巻《ま》いて立《た》ち働《はたら》いていたリクさんが声をかけてきました。

「マール、起《お》きたの。からだの具合《ぐあい》は、どう？」

このとおり、だいじょうぶ！――そう伝《つた》えようとして、子犬は力強くしっぽを振《ふ》ってみせました。

「よかった！　元気になったみたいだね」

その声を背中《せなか》で受《う》けとめながら、マールは通りへ出ていきました。

昨日《きのう》、一昨日《おととい》とはうってかわって、空は青く、あたたかな陽《ひ》の光が降《ふ》りそそいでいます。そして、雪はかなりとけてしまって、あの真《ま》っ白《しろ》な街《まち》ではなくなっていました。あちこちに残《のこ》る雪には土や枯葉《かれは》がついて、そのさまが子犬の目には、なんだか汚《よご》れて、だらしない感《かん》じに見えました。

真夜中《まよなか》に、まっさらな雪の上に足あとをつけて走り回ったときには、あれほど清《きよ》らかで、美《うつく》しかった街《まち》なのに。

そういえば——雪ねこは、どうしたでしょう。たしか、このあたりに作ったはず。マールは、あの白いねこをさがしましたが、どこにもありません。それらしい雪のかたまりさえ、見つからないのです。とけてあとかたもなくなってしまったのでしょうか。

子犬は、ひどくがっかりして、しっぽもしょんぼり下を向《む》きました。

なにもかもが夢《ゆめ》だったの？

たんぽぽが、そう言っていなかった？

ぼくたち、ミーシャの夢《ゆめ》の中にいるんだよ、と。

「マール！」

と、そのとき、高いところから声が降《ふ》ってきました。そして、フェンスの上からマーマレード色のねこが飛《と》びおりて、たんっ！　子犬の前に着地《ちゃくち》しました。

「ミーシャ！」

「もうすっかりよくなったみたいね。心配《しんぱい》してたのよ」ねこは、ほっとしたように、ひげをふるわせて言いました。

「うん。ありがとう」マールは素直《すなお》にお礼《れい》を言ってから、ずっと気になっていたことを、ためらいがちに口にしました。

「ね、たんぽぽは、どうしてる？」

「聞いてないの？　あなたの人間から」

「……ううん。まだなにも」

「そうなの？　じゃあ、一緒《いっしょ》に行こう」

ミーシャは静《しず》かな声で言って、歩きだしました。その後ろをついていきながら、なぜなのでしょう？　マールは胸《むね》がざわざわして、カフェに逃《に》げ帰《かえ》りたいような気分になっていました。

するとミーシャが振《ふ》り返《かえ》って、

「こわがらないで」と言うのです。

マールの気《き》持《も》ちなど、なにもかもお見通し、といったふうに。

子犬はからだがふるえてくるのを感《かん》じながら、一歩、また一歩と、通りのはしっこへ向《む》かって進《すす》んでいきました。そして、ついにたんぽぽのすがたを目にしたときには、足もとからくずれてしまいそうな気がしました。

「たんぽぽ……」

あの小さな友だちは、雪どけ水でぬれた、つめたい石だたみの上に身《み》を横《よこ》たえていたのです。花もかたく閉《と》じてしまって。

「どうしちゃったの？　朝になったのに……ううん、もう昼なのに、まだ目が覚《さ》めないの？」

マールは、たんぽぽに顔を寄《よ》せました。

「たんぽぽ……ぼくの声、聞こえてる？　こたえてよ、なにか言って」

でも、返事《へんじ》はありません。

「雪に倒《たお》されちゃったんだね？　寒《さむ》くて凍《こご》えちゃったの？　ね、あったためたら、また目が覚《さ》める？」

「雪のせいってわけでもないの」

たんぽぽのかわりに、ミーシャがこたえました。

「そのときが来たってことだったのよ」

「そのとき？　そのときって？」

「たんぽぽってね、長くは咲《さ》いていないものなの。たいていは、三日ね。三日咲《さ》いたら、それでもう花を閉《と》じちゃう」

マールは耳をうたがいました。

「……ミーシャ、知ってたの、その

こと?」

もちろん、知っていたのでしょう。ミーシャは悲《かな》しそうに目を伏《ふ》せました。でも、マールは、春になって仲間《なかま》たちに会うまで、たんぽぽは咲《さ》いているものだとばかり思っていたのでした。

知っていたら、そばにいたのに。さいごの一日を、かたときもはなれずに一緒《いっしょ》に過《す》ごしただろうに——そう思ったら、マールの目から、大つぶのなみだがこぼれました。ミーシャはだまって、マールに寄《よ》りそい、この子犬の頬《ほお》をつたうなみだを舌《した》の先でなめとりました。

「ね、ミーシャ、夜中に、たんぽぽがぼくに会いにきてくれたんだよ。雪の中で一緒《いっしょ》に遊《あそ》んだんだ。街《まち》がね、真《ま》っ白《しろ》で、すごくきれいだった」

泣《な》きながら、マールは言いました。

「たんぽぽ、人間の男の子になってた。それでね、ぼくたち、雪ねこも作ったんだよ。きみのために」

すると、ミーシャはこの子犬の言葉《ことば》を不思議《ふしぎ》がるようすもなく、のどの奥《おく》をかすかに鳴らしました。おだやかな、やわらかい音です。

「そうなの。いい夜だったね、マール」

「うん、月が出てた。まんまるの」

ミーシャがうなずいたので、子犬はさらに言いました。

「お月さま、きみの目みたいな金色だった。ぼくたち、まるで、きみに見守《みまも》られているようだったよ」

ねこは、もう一度《いちど》うなずいて、

みゃー、か細い声をあげました。

17

リクさんが通りのはしっこにやってきたのは、ランチを食べにきたお客《きゃく》さんたちが帰って、ようやくカフェが落《お》ち着《つ》いたころでした。

「今日あたり、そろそろ花も終《お》わりかな、と思っていたんだけどね、やっぱり、そうか……マール、きみがさぞかしがっかりするだろうと思ったら、話せずにいたんだ」そう言いながら、子犬のあたまをなでました。

「昨日《きのう》は、きみの友だち、雪の中、咲《さ》いていたんだよ。さいごの日にふさわしく、花をせいいっぱい大きく開《ひら》いて、茎《くき》をまっすぐに伸《の》ばして、なんだか、りりしい感《かん》じでね」

それから、リクさんは、ミーシャにまなざしを向《む》けました。

「そうだろう？　そうだったよね？」

問《と》いかけられて、このねこは、しっぽをゆうらりと揺《ゆ》らしました。

雪ってつめたいけど、あったかいな――あの男の子がそう言っていたことを思い出して、マールは、くうん、と鼻《はな》を鳴らしました。

短《みじか》いあいだでしたが、楽しい時間を一《いっ》緒《しょ》に過《す》ごした友だちと、もう二度《にど》としゃべったり笑《わら》ったりできないなんて、この子犬には、どうしても信《しん》じられません。

花を閉《と》ざして倒《たお》れてしまっていても――ぼくの声はちゃんと聞こえているん

じゃないかな？

だって、ぎざぎざの葉《は》っぱは、あいかわらず元気そうです。きっと土の中で根《ね》っこもしっかりしていることでしょう。

だから、マールは悲《かな》しくても泣《な》くのはやめました。

「たんぽぽ、聞こえる？　ぼく、これからも、きみに会いにくるからね。いろんなこと、おしゃべりしよう」

そして、その約束《やくそく》を守《まも》って、毎日、この子犬は、カフェのお客《きゃく》さんの相手《あいて》をするあいまに、通りのはしっこへやってきました。石だたみに倒《たお》れたままのたんぽぽのそばにすわって、あれこれと話しかけます。

「今日は、お日さまのご機《き》嫌《げん》がいい感《かん》じだね」と空を見上げる日もあれば、

「風がつめたいね。寒《さむ》くない？」と、たずねる日もあります。

水を満《み》たしたコップをくわえてきて、

「のどがかわいただろ？」と差《さ》しだす日もあります。

たんぽぽは、なんともこたえてくれませんが、マールはかまわないと思っていました。もちろん、あのかわいらしいボーイソプラノや、ほがらかな笑《わら》い声《ごえ》をなつかしく感《かん》じつつも、だまっていても、心は通じ合っているような、そんな気がしてならないのでした。

ミーシャも、ときどき、あらわれて、一緒《いっしょ》におしゃべりをしました。そういえば、このねこは、リクさんにすっかりなついて、食べものをもらうだけでなく、寒《さむ》い夜にはカフェを訪《おとず》れ、かたすみで眠《ねむ》るようになったのですよ。

「ミーシャ、きみ、リクさんのねこになるの？」

あるとき、マールがたずねたら、このねこはちょっと考えてから、

「さあ？　わたしは街《まち》ねこだもの。今さら、だれのねこにもならないんじゃないかしら」と言いました。

でも、リクさんのすがたを見かけると、ミーシャはしっぽを立てて近づいて、みゃー、とあいさつしたり、からだをこすりつけたりします。リクさんになでら

れると、気持《きも》ちよさそうに目を細め、のどの奥《おく》をごろごろ鳴らすようにもなりました。マールは、そのやわらかな低《ひく》い音が大好《だいす》きです。なんだか、心がなぐさめられるようで。

さて、そんなふうにして、日々が過《す》ぎていきました——たんぽぽが花を閉《と》じたままになってから、十日近く経《た》ったでしょうか。

よく晴れた午後、マールが通りのはしっこにやってきて、

「たんぽぽ、今日、ぼくね……」と話しかけたとき、

「あれっ？」この子犬は目をうたがいました。

石だたみに横《よこ》たわっているたんぽぽがほんのわずかですが、右へ動《うご》いたように見えたのです。風のせいだった？

マールはあらためて目をこらしました。

たんぽぽは、じっとしています。なあんだ！　見まちがいだったの？　マールはがっかりして肩《かた》をすくめました。

でも、そのすぐあとに、

「あれっ！」もう一度《いちど》、声をもらしました。

しぼんだ花は緑《みどり》の皮《かわ》におおわれ、その先っちょから、枯《か》れてくすんだ黄色が見えていたのに、いつのまにやら、黄色が白に変《か》わっているではありませんか。まるで雪みたいな清《きよ》らかな白に！

マールは、そっと顔を近づけました。

「どういうことなの、たんぽぽ？」

たずねても、返事《へんじ》はありません。でも、今度《こんど》は、ちょっと左へ動《うご》きました。わうう！　びっくりして、マールは跳《と》びあがりました。

「たんぽぽ！　きみったら」

子犬は心臓《しんぞう》が高鳴って、どうしたらいいのか、わかりません。

勢《いきお》いよくしっぽを振《ふ》って、それでも足りなかったので、マールはあたりを駆《か》け回《まわ》りました。そして、日向《ひなた》のベンチで毛づくろいをしている友だちを見つけたので、

「ミーシャ！　ミーシャ！」と声をかけました。

すると、マーマレード色のねこは前足をなめるのをやめて、

「マール、気づいたのね？」と笑《え》みをうかべました。

「うん！　今ね、たんぽぽがぼくにこたえてくれたんだよ」

わずかながらも、右へ左へ動《うご》いて、声には出さないものの、マール、マール、
と呼《よ》んでくれたような。

「ミーシャ、きみも見ただろ？　知ってるよね？　しぼんだ花の先っちょが黄色から白になったんだ。えっ、いつのまに、って感《かん》じじゃない？」

「そうね」ミーシャはうなずいて、

「もうすぐってことね」と、つけくわえました。

もうすぐ？　いったい、なんのことでしょう。マールが首をかしげると、このねこは、金色の目の奥《おく》を虹《にじ》色《いろ》に光らせて、

「今にわかるよ。もうすぐ、もうすぐ」

そんなふうに、おまじないのように言うのです。

マールは予感《よかん》に胸《むね》がふるえるのを感《かん》じました。もしかしたら――たんぽぽは、今はすこしばかり長く眠《ねむ》っているだけで、もうすぐ、目が覚《さ》めるってことじゃないかな？　あの雪の夜、どこからともなく、月と星々の〈おやすみなさいの歌〉が聞こえてきたことを思い出していました。

子犬は、たんぽぽのかたわらにもどって、ささやき声で言いました。

「たんぽぽ、きみ、眠《ねむ》っているんだろ？　さっきは、右へ左へ、ちょっと寝返《ねがえ》りを打《う》ったんじゃない？」

それから、息《いき》をひそめるようにして、つぶやきました。

「どんな夢《ゆめ》を見ているんだろうなあ？」

18

マールは、来る日も来る日も、通りのはしっこへ行きました。

子犬の目の前で、たんぽぽは、やがて、ゆっくりとからだを起《お》こし、日に日に、空に向《む》かって緑《みどり》の背《せ》を伸《の》ばしていきました。

「たんぽぽ！」マールは呼《よ》びかけましたが、返事《へんじ》はありません。まだ眠《ねむ》っているようです。でも、もうすぐ！　もうすぐ！

マールは、楽しみでなりません。はやく！　はやく！　そう思うせいで、一日一日がむしろ長く感《かん》じられました。

そして、ある日、ついに――待《ま》ちに待《ま》ったときが訪《おとず》れたのです。なつかしい友だちが、とうとう目を覚《さ》まして、

「やあ、マール」と言ったのでした。

でも、子犬が目をまるくして、

「なんてこと！　ね、きみ、たんぽぽなの？」

思わず、そんなふうにたずねてしまったのも無理《むり》はありません。

なぜって、そこにいたのは、この子犬がよく知っている、あの黄色い、ちょっと金平糖《こんぺいとう》みたいな花とはちがっていましたから。

まあるく白く、ふわふわわっ、ぽわぽわっ、としています。

「きみ、ほんとに、たんぽぽなの？」もう一度《いちど》、マールはきいてみました。

すると、ふふっと笑《わら》って、

「さあ、どうかなあ？」と、こたえた声も、マールのよく知っている、あのボーイソプラノとは、ちがっています。なにやら落《お》ち着《つ》いていて、黄色い花だったころより、ずっとおとなっぽくなったような。

「ぼく、何日ものあいだ、眠《ねむ》っていただろう？……そのあいだにね、なんだか、生まれかわったみたいな気がするんだ」

だから、自分のことがわからなくなっちゃったの？　マールは首をひねりました――でも、この子犬は知らないだけなのです。

ほら、ちょっと考えてみて。おたまじゃくしは、やがて、かえるになるでしょう？　青虫も、さなぎになって、ちょうちょになりますよね？　そんなふうに、すっかり生まれかわったようになってしまったら、あれっ、ぼくはだれ？　と思ったとしても、しかたがないんじゃないかしら。

マールがいぶかしそうに見つめていると、ふわっぽわっとした白いあたまが、かすかに揺《ゆ》れつつ、

「だけど、きみのことなら、わかるよ」と言いました。

「きみは、マール。ぼくの友だち」

それを聞いて、子犬は顔にぱあっと笑《え》みを広げました。そうだよ、そうだよ、ぼくはマール！　きみの友だちだよ！

しっぽをプロペラのように回しつつ、マールは、まあるい白いあたまに黒いしめった鼻《はな》を近づけました。

「やっぱり、きみ、たんぽぽだよ。だって、たんぽぽのにおいがするもの！」

「そう？　きみが言うんだから、まちがいないね」

ふたりは顔を見合わせて、二度《にど》、三度《さんど》とうなずきました。

「ね、もうミーシャには会ったの？」

「いや、まだだよ」

「まったくもう、どこにいるんだろうな」

マールは、あたりを見回しました。

「ミーシャ！　ミーシャ！　出てこいよ。昼寝《ひるね》をしてるなら、きみも起《お》きなくちゃ。たんぽぽが目を覚《さ》ましたんだよ！」

そうやって、何度《なんど》か呼《よ》びかけていたら、

「ここよ。わたしは、ここ」

どこか高いところで声がしました。いつから、そこにいたのでしょう。間近にある木の枝《えだ》の上でした。

ねこは木登《きのぼ》りが得意《とくい》ですからね。ミーシャはサーカスの曲芸師《きょくげいし》みたいに、枝《えだ》の上に寝《ね》そべっていて、たんぽぽをじっと見つめ、

「きれいな白ね、真《ま》っ白《しろ》ね」と笑《え》みをうかべました。

「きれいかな？　ありがとう」

たんぽぽは、すこし、照《て》れています。

ミーシャは、こうなることをちゃんと知っていたのでしょう。マールは、自分よりずっと物知《ものし》りの街《まち》ねこの顔を感心《かんしん》しつつ見上げてから、たんぽぽのほうへ向《む》き直《なお》って言いました。

「ね、きみ、さっき、生まれかわったみたいって言ってたじゃない？」

「ああ、言った。だって、前とはずいぶん、ちがう感《かん》じだろう、ぼく？」

うん、うん、とマールはうなずいて、

「あのね、ぼく、思うんだけど……もちろん、きみは、今もたんぽぽだけど、きっと雪の花になったんだよ。生まれかわって、雪の花になったんだ」

「……雪の花？　ぼく、そんなふうに見える？」

「うん。あの夜の雪みたいだよ」

ふわっと真《ま》っ白《しろ》で、やわらかで。

なぜかしら、あたたかそうで。

「雪の花、そうね、そんな感《かん》じ」ミーシャもうなずいて、

「これ、綿毛《わたげ》っていうのよ」と言いそえました。

「わたげ？」マールがたずねると、

「そう。種《たね》なんだって」と、たんぽぽがこたえました。

「種《たね》？　このふわっふわが？　だれから聞いたの？」

「お日さまだよ。眠《ねむ》っているあいだに、お日さまが教えてくれたのさ」

たんぽぽの声は自信《じしん》に満《み》ちあふれています。背《せ》をすうっと伸《の》ばして、青い空を見上げて、きっぱりと言いました。

「あのね、ぼく、もうすぐ行かなくちゃいけないんだ」

「もうすぐ？　どこへ？」

「さあ？　どこだろうね。楽しみだよ。たぶん、近くへも行くし、遠くへも行くんだ。風まかせだよ」

マールには、たんぽぽの言っていることがよくわかりませんでした。どうやって行くというのでしょう。風まかせ？

すると、ミーシャがまた、おまじないのようにして言いました。

「今にわかるよ。もうすぐ。もうすぐ」

眠《ねむ》りから覚《さ》めただけではなく、もうすぐ？　これから、もっとなにか、おもしろいことがあるの？　子犬が首をかしげると、

「ね、マール、きみの願《ねが》いは、なあに？」

たんぽぽが、やさしい声でたずねました。

なぜ、そんなことをきくのでしょう。これもまた、さっぱりわからなかったものの、子犬はうながされるままに考えてみました――ぼくの願《ねが》いは、なんだろう。

とたんに、たくさんのことがマールの小さなあたまの中に押《お》し寄《よ》せてきて、あふれそうになりました。大きくてりっぱな犬になりたい！　おいしいお肉をどっさり食べたい！　リクさんにほめられたい！　だれよりも強くなりたい！　ミーシャにマールってすごいって思われたい！

それから……それから？

「たんぽぽ、願《ねが》いごとは、ひとつだけ？」

あまりにも欲《よく》ばりな自分を、ちょっとはずかしく思いつつ、小声でマールがたずねると、たんぽぽは、うーん、と、うなってから言いました。

「きみ、いっぺんに、たくさん願《ねが》うことができる？　そうだったら、ひとつだけじゃなくてもいいかもしれないけど」

そして、たんぽぽは、今度《こんど》はマーマレード色のねこを見上げて、

「ミーシャ、きみもだよ。きみの願《ねが》いは？」と言いました。

「だいじょうぶ。もう考えてある」

ミーシャは木の枝《えだ》から軽々《かるがる》と跳《と》んで、たんぽぽとマールのそばに降《お》り立《た》ちました。

19

「いいかい？　いち、にの、さん、で、ぼくに息《いき》を吹《ふ》きかけるんだ。ふうって思いきり、ね。そのとき、願《ねが》いごとをするんだよ」

たんぽぽが力強く言いました。

「そしたら、どうなるの？」マールがたずねると、

「わたしたちの息《いき》が風になるのよ」ミーシャがそうこたえました。

「へえ！　ほんと？　じゃあ、やってみなくちゃ」

この子犬は好奇心《こうきしん》でいっぱいになって、しっぽを振《ふ》りながら、身《み》を乗《の》りだしました。そのあと、なにが起《お》こるやら、ちっとも考えていませんでした。わうう、おもしろそうだな、と思っただけで。

子犬とねこは、あたまを寄《よ》せて、たんぽぽの前に立ちました。

「よし。数えるよ。いいね？」

ふたりは、うなずきました。

「いち、にの、さん！」

ふううううっ。息《いき》が風になりました。それが、どういうことか、ようやく、マールにもわかりました。たんぽぽの真《ま》っ白《しろ》な綿毛《わたげ》がふわっと舞《ま》い上《あ》がって、あっちへ、こっちへと飛《と》んでいったのです。

「たんぽぽ！」マールはおどろいて、声をあげました。

まさか、こんなことになろうとは！　ちっちゃな綿毛《わたげ》の、どれひとつとして見《み》失《うしな》いたくなくて、子犬は大あわてで右へ行き、左へ行き、何度《なんど》も高く低《ひく》くジャンプしました。

「たんぽぽ！」もう一度《いちど》、呼《よ》びかけたら、

「マール！」

「マール！」

「マール！」

あっちから、こっちから、子犬を呼《よ》ぶ声が返《かえ》ってきました。

「きみ、ちゃんと願《ねが》いごとした？」

マールの耳もとをくすぐるようにして飛《と》ぶ綿毛《わたげ》がささやきました。

「うん。したよ。ひとつだけ」

ひとつ願《ねが》うだけで、せいいっぱいだったのです。

「きみは、どう？　ミーシャ」

ねこのひげ先に軽《かろ》やかに触《ふ》れつつ、べつの綿毛《わたげ》がたずねました。

「だいじょうぶ。お願《ねが》いした！」

「よかった。じゃあ、ぼくはもう行くね」

そう言うなり、ふわっと、さらに高く舞《ま》い上《あ》がりました。真《ま》っ青《さお》な空にただよう綿毛《わたげ》、この綿毛《わたげ》、たくさんの綿毛《わたげ》たち——通りのはしっこで咲《さ》いているあ

いだ、たんぽぽは、いつだって、歩いたり走ったりしたいと思っていましたが、今や、風に乗《の》って空を飛《と》んでいるのです。

まぶしそうに目を細めて、ミーシャが見上げています。

マールは泣《な》きだしそうな顔をして、

「ね、たんぽぽ、ぼくの願《ねが》い、かなう?」と言いながら、前足を伸《の》ばし、あっちの綿毛《わたげ》、こっちの綿毛《わたげ》をつかまえようとしました。

「ぼく、お願《ねが》いしたんだよ。たんぽぽ、きみとずっと友だちでいられますようにって」

「わたしはね、あなたがいい旅《たび》をしますようにって」

ミーシャは、そう言って、金色の目をうるませました。

「ありがとう!」たんぽぽは、言いました。

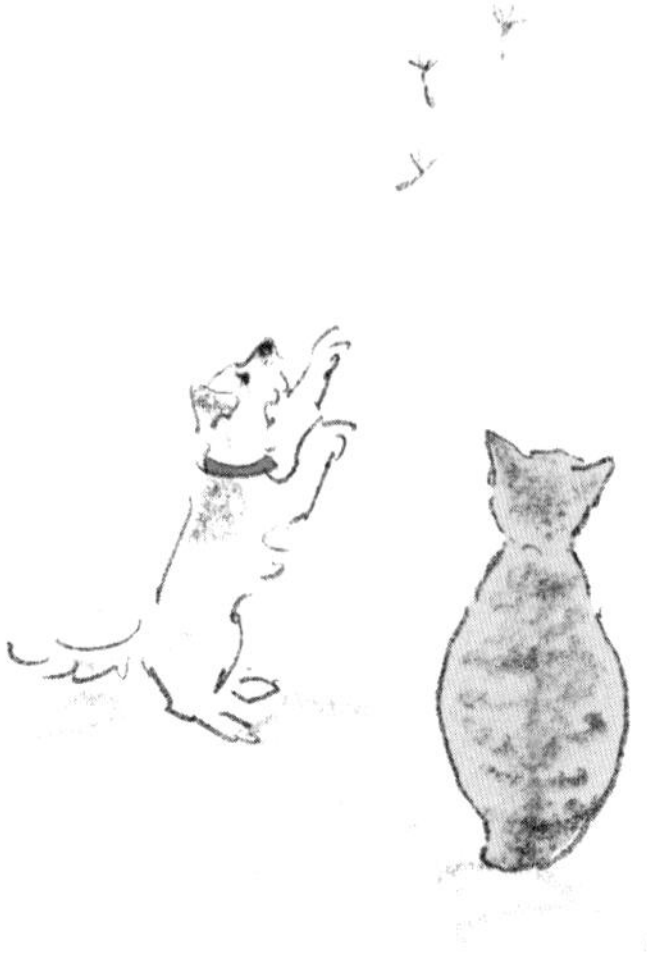

「ありがとう、なかよくしてくれて」

その声は、マールとミーシャに届《とど》いたでしょうか。

たんぽぽのまなざしの先で、ふたりのすがたが、だんだんと遠く小さくなっていきます。そして、さまざまな景色《けしき》が見えてきました。

葉《は》を落《お》とした寒々《さむざむ》とした木々、その枝《えだ》でさえずる小鳥たち、通りを走る色とりどりの自動車《じどうしゃ》や自転車《じてんしゃ》、背《せ》をまるめて足早に歩く人々、元気いっぱい駆《か》けていく子どもたち……

これまで何度《なんど》も目にしたものでも、高いところから見るのと、低《ひく》いところから見るのとでは、ずいぶんとちがうものです。

おもしろいなあ！　たんぽぽは、胸《むね》を高鳴らせました。

ほら！　あそこには、リクさんのすがたが――カフェのテラス席《せき》に、陶器《とうき》のボウルに入った熱《あつ》いカフェオレを運《はこ》んでいるところです。たんぽぽは近づいていって、肩《かた》の上にふわっと乗《の》っかり、

「ありがとう。会えてよかった」と言いました。

たんぽぽの言葉《ことば》が通じたはずもありませんが、リクさんはふと立ち止まり、なにかを思い出そうとするかのように、ゆっくりとまばたきしました。それから、肩先《かたさき》に顔を向《む》け、ふうっと白い息《いき》をはいたので、たんぽぽは、また風に運《はこ》ばれていきました。

ふわり、ふうわり、さあ、どこへ行こう？

たんぽぽは、今や、たくさんの綿毛《わたげ》です。だから、遠くでも近くでも、それぞれが思いのまま、好《す》きなところへ行けばいいのです。

綿毛《わたげ》のひとつは、ベンチのそばへ。

べつの綿毛《わたげ》は、通りの木の根もとへ。

またべつの綿毛《わたげ》は、だれかの家の庭《にわ》へ。

公園の花だんの土の上に降《お》りた綿毛《わたげ》もあれば、自転車《じてんしゃ》を走らせる男の子の背中《せなか》に乗《の》っかった綿毛《わたげ》もありました。

ふわり、ふうわり、どこまでも、風に身《み》をまかせている綿毛《わたげ》もあります。

たんぽぽは、綿毛《わたげ》になった自分のことがすっかり気に入りました。なんて身軽《みがる》なのでしょう！　水たまりや溝《みぞ》に落《お》ちたり、道で人に踏《ふ》まれたり、つらいめにあう綿毛《わたげ》もありましたが、そのことをいつまでも悲《かな》しんではいられません。とにかく、生きなくては！

北風とも親しく言葉《ことば》を交《か》わすようになりました。

「どこか行きたいところがある？」と、たずねられ、

「もし、北風さんが、その家を知っているなら……」

そうたんぽぽがこたえたら、ちゃんと連《つ》れていってくれました。

その家？　どの家？　あの女の子の家です。

たんぽぽが窓《まど》からのぞいてみると、あの女の子とお母さんがソファにすわって、おやつを食べながら、おしゃべりをしていました。ストーブに火をたいた部屋《へや》の中、女の子もお母さんも楽しそうに笑《わら》っています。そのすがたを目にして、たん

ぽぽの心もあたたかくなりました。

「ぼくがここにいるなんて、夢《ゆめ》にも思わないだろうな」

そうつぶやくと、そりゃあそうだよ、と言うように北風がひゅひゅうっと、ひんやりした音色の口笛《くちぶえ》を吹《ふ》きました。

たんぽぽは女の子を見つめ、

「ありがとう」と言いました。

「きみの傘《かさ》のおかげで、ぼく、雪にうもれなかったよ。とても心強かった」

それから、すこし考えて、こうつけくわえました。

「ありがとう。通りのはしっこに咲《さ》いた、ちっぽけなぼくを見つけてくれて。ぼくは、きみのたんぽぽ。きみは、ぼくの人間」

すると、北風がひややかに笑《わら》って、言いました。

「たんぽぽ、あんたがどう思おうが、あの女の子、あんたのことなんてわすれちゃうに決《き》まってるよ」

「そうかな？」

「あたりまえだよ。もし、今、おぼえているとしても、おとなになるまでには、わすれてしまうさ。そういうものだよ」

ちょっといじわるな、つめたい物言《ものい》いでした。たんぽぽは、それでも、ひるむことなく、すぐに言《い》い返《かえ》しました。

「あの女の子がわすれてしまっても、ぼくは、ずっとおぼえているから、それでいいよ」

「……ふうん。そりゃなによりだね。さあ、もう行こうぜ」

北風にうながされ、たんぽぽがまたふわっと飛《と》び立《た》とうとしたとき、女の子が窓辺《まどべ》に近づいてきました。こちらをじっと見ています。

ぼくに気づいたの？　まさか！

たんぽぽが目をみはっていると、女の子の息《いき》が窓《まど》ガラスにかかって、白くもりました。そして、こんな声が聞こえてきました。

「ね、お母さん、雪！　雪だよ」

「そう？　よく晴れてるじゃないの」

ええ、空は青く、澄《す》みわたっています。ところが、たんぽぽが見回すと、おや？　たしかに、小さな雪がひとひら、ふたひら、またひとひら、ゆっくりと舞《ま》い降《お》りてくるではありませんか。

お母さんも窓辺《まどべ》へやってきて、

「あら、ほんとね。雪ね」と、つぶやきました。

「晴れているときに、こんなふうに、ちらちら降《ふ》る雪のこと、風花《かざはな》っていうのよ。風に花って書くの。花びらみたいだからね、きっと」

風に舞《ま》う花びら――これ、風花《かざはな》っていうのか。たんぽぽは、ふわふわとただよう小さな雪が自分とよく似《に》ているような気がして、くすぐったいような心持《こころも》ちになりました。そして、

「そっか、この雪、お花なんだ」そう言った女の子の目が、やはり、自分のこと

を見ているようで、うれしくてたまらなくなりました——そうさ、ぼくは雪の花だよ。生まれかわって、雪の花になったんだ。

「さよなら、またね」たんぽぽは、今度《こんど》こそ、ふわりと北風に乗《の》って、空高く舞《ま》い上《あ》がりました。

「さあて！　お次《つぎ》は、どこへ行きたい？」北風の問《と》いかけに、

「そうだなあ……できるだけ遠くへ行ってみたいな」

「よーし、まかせておきな。この世界《せかい》は広いんだ。どこまでも行かれるところまで行ってみようじゃないか」

その力強い言葉《ことば》に、たんぽぽは、ふふっと笑《わら》いました。

「きみって、ほんと、頼《たの》もしいね。じゃあ、行こう！」

20

時が過《す》ぎていきました。

やがて、葉《は》を落《お》とした木々の枝《えだ》があらたに芽吹《めぶ》き、日に日に初々《ういうい》しい緑《みどり》が育《そだ》ってきました。草も青々と生《は》えてきて、愛《あい》らしいちっちゃな花々を咲《さ》かせています。

春です、春が来たのです。

どこかにひっそりと隠《かく》れていた命《いのち》という命《いのち》が、もう待《ま》ちきれないよ！　と言いたげに、勢《いきお》いづいてあらわれて、街《まち》は明るい色どりをすっかり取《と》りもどしたのでした。

カフェのテラス席《せき》もにぎわっています。ぶあついコートをもう着《き》なくていいことにほっとした顔をして、人々が飲《の》んだり食べたり、しゃべったり笑《わら》ったり――

だれもが春の訪《おとず》れを喜《よろこ》んでいるのでしょう。

これが春！　ずっと待《ま》っていた春なんだなあ――通りに出て、気持《きも》ちのいい風に吹《ふ》かれつつ、マールが街《まち》の景色《けしき》をながめていると、

「あの子犬は、どこ？　ええと、マールって言ったっけ？」とカフェのお客《きゃく》さんがリクさんに話しかけている声が聞こえてきました。

「どこかな？　ついさっきまで、カウンターのあたりにいたんですけどね」

マール！　マール！　リクさんが呼《よ》んでいます。

わうう。お客《きゃく》さんのお相手《あいて》をしなくちゃいけないな。

急《いそ》いで、マールがカフェの中へもどっていったら、

「へええ！　寒《さむ》いからって、ちょっとこの店へ来ないあいだに、すっかり大きくなったんだね。ほんの何ヶ月かで、ねえ！」

お客《きゃく》さんがびっくりした顔をしてむかえてくれました。

そうです、マールは、もう子犬ではありません。たくさん食べて眠《ねむ》って、歩い

て走って、ときどき空を見上げているうちに、しなやかな若々《わかわか》しい犬に成長《せいちょう》したのでした。

「こっちへおいで！」リクさんの声にこたえて、マールはお客《きゃく》さんに近づいていって、ゆったりとしっぽを振《ふ》って、あいさつをしました。

すると、その人は手を伸《の》ばして、

「久《ひさ》しぶりだね」とマールのあたまをなでつつ、

「おっ？」と声をもらしました。

「あの子、カフェの新入りかい？」

ちょうどミーシャがテーブルやいすのあいだをすり抜《ぬ》けて、こちらに向《む》かってきたところでした。リクさんは笑《え》みをうかべ、

「このねこは、マールの友だちなんですよ」と言いました。

「そうだよな？　ミー、今日もマールに会いにきてくれたんだろう？」

いつのころからか、リクさんはミーシャを、ミー、と呼《よ》ぶようになっていました。このマーマレード色のねこがミーシャだということを知らないにもかかわらず、まったくちがう名まえをつけたりせずに。

ミーなら、まあ、いいかしら——ミーシャは、そう思っているのでしょう。リクさんに、ミー、と声をかけられれば、みゃー、と、こたえます。

「そうか。マールには、ねこの友だちがいるのか」

お客《きゃく》さんは目を細めてうなずいて、舌《した》を鳴らしながら、ミー、ミー、と呼《よ》びかけましたが、ミーシャはつんとすまして知らん顔をしました——だれにでも、なつくようなねこではありませんからね。

ミーシャはリクさんの足もとへ行って、いつものように、からだをこすりつけてあいさつをしてから、今度《こんど》はマールのそばに寄《よ》り、

「ね、見た？　気づいた？」と、ささやきました。

「なあに？」マールがきょとんとしていると、

「まだ知らないんだ！」このねこは目を見開《みひら》きました。

「だから、なにさ？」

でも、その問《と》いかけにはこたえずに、

「こっちよ！　ぼんやりさん、ついてきて」

ミーシャは店のとびらに向《む》かって急《いそ》ぎ足《あし》で進《すす》みました。

「あれっ、ミー、もう行っちゃうのか。おやつも食べないうちに？」リクさんが、ちょっとがっかりした声を出しても、振《ふ》り返《かえ》りもしません。

「マールをむかえにきたの？　ふたりで街《まち》へお出かけか。ほんとに、仲《なか》がいいんだな」そう言って、お客《きゃく》さんが笑《わら》いました。

カフェを出て、通りを駆《か》けていくミーシャのあとを、

「なんだよ？　ぼんやりさんって、ぼくのこと？」

すこしだけ気をわるくしつつも、マールが追《お》っていきます。

そして、しばらく行くと、小さな公園に着《つ》きました。ここには、ときどき、マールもリクさんと一緒《いっしょ》に散歩《さんぽ》に訪《おとず》れます。

ほんの数日前とは、どこかしら、ようすがちがうように感《かん》じられるのは、木々や花だんの植物《しょくぶつ》が、わずかのあいだに、さらにいっそう緑《みどり》の色を濃《こ》くして、葉《は》をしげらせたせいなのでしょう。

春って、すごいなあ！

めきめき景色《けしき》が変《か》わっちゃうんだもんなあ！

風が運《はこ》んでくる、すがすがしい新緑《しんりょく》のにおいをうっとりと吸《す》いこみながら、マールがあたりを見回していると、

「ほら、あそこ！」ミーシャがふいに声をあげました。

なあに？　マールは、ミーシャが片方《かたほう》の前足をあげて差《さ》し示《しめ》すほうに顔を向《む》け、やがて、わうう！　と声をもらしました。この公園の、いちばん大きな木の下に、あの黄色い、ちっちゃな花が咲《さ》いていたのです。

「たんぽぽ！」

あれは、マールの友だちのたんぽぽでしょうか。それとも、春になったら、たくさん咲《さ》くと聞かされていた仲間《なかま》でしょうか。

「たんぽぽ！　たんぽぽ！」

すぐそばまで駆《か》けよって、はじめてマールは気がつきました。たんぽぽはひとりぼっちではありませんでした。ふたりでした。黄色いあたまを寄《よ》せ合《あ》うようにして咲《さ》いています。そして、そのうちのひとりが、

「あなた、だあれ？」と言いました。

どうやら、あのたんぽぽではないようです。ええ、もちろん、ちがいますとも。だって、女の子の声でしたから。

がっかりして、なにも言えずにいるマールに、

「あなた、だあれ？」と、その声はもう一度《いちど》、たずねました。

「ごめんね、知らなくて。あたし、今朝、咲《さ》いたばかりなんだもの」

すると、となりの、もうひとりのたんぽぽが、

「マールだよ。ね、マールだろ？」と言いました。

「ちょっと会わないあいだに、きみったら大きくなって！」

この声は！　なつかしいボーイソプラノです。マールはたちまち前のめりになって、瞳《ひとみ》をかがやかせ、顔いっぱいに笑《え》みを広げました。

「たんぽぽ！　きみだね？」

「そうだよ、ぼくだよ」

「よかった、帰ってきたんだね」

「うん。春だからね」

たんぽぽは、誇《ほこ》らしげに緑《みどり》の背《せ》をすうっと伸《の》ばしました。

「おかえり！　待《ま》ってた！　ぼく、待《ま》ってたんだよ」

マールはそう言ってから、マーマレード色のねこに抱《だ》きつくようにして、からだをぶつけ、喜《よろこ》びを伝《つた》えました。

「ミーシャ！　ミーシャ！　ありがとう、たんぽぽのこと、見つけてくれて。きみって、やっぱり、すごいや」

「そりゃあね、街《まち》ねこって、そういうものよ」

ミーシャはちょっと得意《とくい》そうに、ひげをふるわせました。

「この街《まち》のことなら、なんでも知ってるってわけだね？」と、たんぽぽが言うと、ねこは、今度《こんど》は、ひょいっと肩《かた》をすくめて、

「でも、この子のことは、知らないな」

「なあに。あたしのこと？」すぐさま、もうひとりのたんぽぽがいたずらっぽいようすで首をかしげました。

「この子はね、ぼくの妹だよ」

「妹？　へえ！　そうなんだ？」マールは思わず、かん高い声をあげ、目玉をくるっと回しました。

「はじめまして。よろしくね」あらためて、あいさつすると、黄色いあたまの小さな女の子も、にっこりして言いました。

「はじめまして。こちらこそ、よろしくね」

あたらしい季節《きせつ》の訪《おとず》れを感《かん》じさせる、初々《ういうい》しい声です。

ああ。この愛《あい》らしい妹だけでなく――もうすぐ、たんぽぽの仲間《なかま》たちも、あっちにこっちに、たくさん咲《さ》くのでしょう。

春だよ、春だよ、春が来たんだよ、と、うたうようにして。

きっと、さぞかし、すてきなながめでしょう！

「たんぽぽ、ぼくの願《ねが》い、かなえられたんだね」

ええ、そうですとも。

きみとずっと友だちでいられますように――綿毛《わたげ》が北風に舞《ま》ったあの日、子犬は、たったひとつだけ、そのことを心に唱《とな》えたのでした。

身《み》のちぢむような寒《さむ》い冬のあいだ、ずっと信《しん》じていてよかった、とマールは思いました。だからこそ、いっそう、この命《いのち》あふれる季《き》節《せつ》が美《うつく》しく感《かん》じられるのでしょう。

「旅《たび》のおみやげ話も聞かせてね」とミーシャがにこやかに言いました。

「いいよ。話したいことがいっぱいあるよ」

なにしろ、空を飛《と》んできたのですからね。

たんぽぽは、妹と一緒《いっしょ》に春風に吹《ふ》かれ、くすくす、くすくすくすっ、と笑《わら》って、黄色いあたまを揺《ゆ》らしました。

作　**野中 柊**（のなか ひいらぎ）

1964年生まれ。立教大学卒業後、ニューヨーク州在住中の1991年に「ヨモギ・アイス」で海燕新人文学賞を受賞して作家デビュー。小説に『ヨモギ・アイス』『小春日和』（集英社文庫）、『あなたのそばで』（文春文庫）、『銀の糸』（角川文庫）、『波止場にて』『猫をおくる』（新潮社）など、エッセイ集に『きらめくジャンクフード』（文春文庫）など、童話に「パンダのポンポン」シリーズ（既10巻　長崎訓子 絵／理論社）、「本屋さんのルビねこ」シリーズ（既7巻　松本圭以子 絵／理論社）、『ようこそ ぼくのおともだち』（寺田順三 絵／あかね書房）、『紙ひこうき、きみへ』（木内達朗 絵／偕成社）など、絵本に『赤い実かがやく』（松本圭以子 絵／そうえん社）、『おつきさまのスープ』（木原未沙紀 絵／くもん出版）など著書多数。

絵　**くらはしれい**

岐阜県生まれ。イラストレーター。絵本や書籍の挿画、パッケージイラストなど、幅広い分野で活躍。絵本に『レミーさんのひきだし』（斉藤 倫・うきまる 作／小学館）、『王さまのお菓子』（石井睦美 文／世界文化社）、『こねこのトト』（白泉社）。児童書の挿画に『クーちゃんとぎんがみちゃん ふたりの春夏秋冬』（北川佳奈 作／岩崎書店）などがある。

校正　株式会社 鴎来堂

ちいさな花 咲いた

2024年10月　初版発行

作　野中 柊
絵　くらはしれい

発行所　株式会社 金の星社
〒111-0056 東京都台東区小島1-4-3
TEL 03-3861-1861　FAX 03-3861-1507
振替 00100-0-64678
ホームページ https://www.kinnohoshi.co.jp

印刷・製本　TOPPANクロレ株式会社
プリンティングディレクター　池浦宏治

176P　19.4cm　NDC913　ISBN 978-4-323-05500-8